Atire a primeira pedra

Mike Sullivan

Atire a primeira pedra

Copyright © 2023 Mike Sullivan
Atire a primeira pedra © Editora Reformatório

Editor
Marcelo Nocelli

Revisão
Natália Souza

Imagem de capa
AarStudio/iStockphoto

Design e editoração eletrônica
Negrito Produção Editorial

Dados Internacionais de Catalogação na Publicação (cip)
Bibliotecária Juliana Farias Motta (crb 7/5880)

Sullivan, Mike, 1979-
    Atire a primeira pedra / Mike Sullivan. – São Paulo: Reformatório, 2023.
    136 p.: 14 x 21 cm

isbn 978-65-88091-74-6

1. Ficção brasileira. i. Título.

s949a   cdd b869.3

Índice para catálogo sistemático:
1. Ficção brasileira

Todos os direitos desta edição reservados à:

Editora Reformatório
www.reformatorio.com.br

"Não quero morrer, não; quero outra vida."
LIMA BARRETO, *Diário do hospício*

"*Eu sou a minha história, ainda que em meu desejo moral de entender o meu passado, de ser plenamente consciente, eu me torne exatamente aquilo que a minha história demonstra que não sou — livre.*"
SUSAN SONTAG

Mariano

Nem sei por onde começar, falou Mariano.

Era a primeira vez que ouvíamos sua voz em cinco dias de julgamento. Eu observava atentamente, sentado na primeira fila, próximo aos jurados. Foram palavras ditas sem espanto e sem temor.

Comece do início, disse o juiz.
Do assassinato?
Não. Conte-nos como foi parar naquele lugar. Mas da maneira mais minuciosa que conseguir se recordar. Todo mínimo detalhe é fundamental para os autos.
Na época, eu devia ter uns dezessete anos. Eu apanhava muito. Minha mãe me batia sempre.
E qual a razão das surras?
Por causa do meu jeito.
Que jeito?
Tímido. Solitário. Mamãe achava que orações, remédios e uma temporada no hospital mudariam a minha maneira de ser. Ela e o pastor Euzébio me internaram.

Lembra-se desse dia?

Sim, Excelência. Mamãe me acordou cedo, por volta das seis da manhã. Disse que o pastor Euzébio nos daria uma carona até a capital, onde ela compraria tecidos. Mentiu que gostaria da minha ajuda para escolher as estampas. Pulei rápido da cama, lavei o rosto, vesti minha melhor roupa e tomei café, animado, sem imaginar que não voltaria mais. Se eu soubesse, teria fugido na véspera. Os horrores que sofri e testemunhei nos anos seguintes me fizeram desejar a morte todos os dias.

Quando paramos em frente à entrada do manicômio, pressenti que algo de muito ruim estava para acontecer. Ao avistar a muralha, tremi de medo. Já tinha ouvido muitas histórias sobre aquele lugar. Diziam que era pior que cadeia. As crianças que não obedeciam aos pais ou não iam bem na escola eram jogadas lá. Bem como os maridos que batiam nas mulheres, os ladrões de galinha da região, os pecadores excomungados. Qualquer um que não fosse boa pessoa corria o risco de terminar seus dias trancafiado ali.

Minha mãe já tinha me ameaçado uma vez, me levando para conhecer de perto o famoso Campo Santo. Não pudemos entrar, mas parados a alguns metros, a gente ouvia as vozes, os gemidos, os lamentos dos encarcerados. O cheiro podre atraía urubus que ficavam de prontidão sobre o muro. Agarrada em meu braço, ela disse: "Ou você se conserta ou não terei nenhuma dificuldade em abandoná-lo aqui." E ela cumpriu a promessa.

Tentei sair às pressas de dentro do carro, na esperança de correr para bem longe, mas um funcionário do hospital, que já me aguardava do lado de fora, me agarrou pela camiseta. Eu não queria acreditar que ela me abandonaria. Como pôde fazer isso comigo? Eu gritei muito, mas minha voz entrecortada por soluços e lágrimas parecia não comovê-la. Indiferente ao meu desespero, calada, ela virou o rosto para o outro lado e tapou os ouvidos com as mãos. Enquanto isso, o pastor entregava um papel ao homem de terno parado próximo ao portão. Disse ainda alguma coisa que, devido à distância, não pude ouvir. Por um segundo, eu pensei que mamãe se arrependeria, abriria a porta do carro, saltaria para cima do enfermeiro, me livraria daquelas mãos fedendo à creolina, me abraçaria forte, tão forte contra seu peito, arrancaria aquele papel da mão do médico, seja lá o que tivesse escrito nele e obrigaria o pastor a nos levar de volta pra casa o mais rápido possível. Mas, ela sequer se mexeu.

O pastor despediu-se do homem de terno com um aperto de mão e entrou no carro. Nos meus últimos instantes de liberdade, ainda tive tempo de vê-los se afastando. Mamãe, imóvel, olhando apenas para frente, abandonava-me definitivamente à própria sorte.

Mais dois funcionários se aproximaram e me arrastaram para o interior do hospital. Lá dentro a situação era muito pior. Havia um grande pátio cercado por vários barracões. Homens, mulheres, jovens e velhos, a maioria nus, espalhados pelo chão de terra batida com esgoto aberto. Fedor insuportável de merda e comida estragada. Tive vontade de vomitar. Fiz grande esforço para desvencilhar-me dos enfermeiros, mas enquanto eu esperneava e gritava por socorro, insistindo que não era louco, eles me arrastaram para um dos pavilhões. De tanto medo, mijei nas calças. Ao atravessar a porta de madeira, me aplicaram uma injeção. Não demorou nem um minuto para que tudo se apagasse.

Mariano mantém o olhar fixo no piso de linóleo. Suas mãos algemadas repousam unidas entre as pernas abertas. Se eu também não tivesse compartilhado do horror a que ele se refere, a minha impressão seria a de que Mariano se esforça para impressionar os jurados, buscando despertar solidariedade, tentando, assim, justificar o crime.

Escrevo este depoimento de Mariano mais da maneira como entendi do que da maneira como ele disse exatamente. Não que se expressasse mal. Até que, para alguém que passou anos internado num hospício, seu discurso é eloquente, transmitido com clareza de ideias e carregado de forte emoção, a ponto de nos comover. Eu apostaria em afirmar que é muito inteligente.

Fui autorizado a entrar portando apenas uma caderneta e uma caneta. Nada de celular, tablete ou gravador. Busquei anotar tudo o que ouvi e observei, tentando registrar o máximo possível desse julgamento, no qual foi negada a participação da imprensa.

Acordei horas depois, amarrado por cintos que prendiam meus ombros, meus joelhos e meus tornozelos à cama, continuou Mariano.

Dividindo o galpão fedido com dezenas de internos, comecei a gritar inutilmente. Quanto mais eu fazia força para me livrar das amarras, mais dores sentia nas pernas e nos braços. Não demorou para que uma mulher de jaleco encardido aparecesse. Comecei a implorar por ajuda. Mas era como se eu não existisse. Ela sequer prestou atenção em mim, nas minhas reclamações.

As funcionárias do hospício não estavam nem aí para a gente. É como o coveiro que se mantém neutro perante os mortos que enterra. Mais à frente, eu descobri que nenhuma delas tinha estudado para ser enfermeira. Eram mulheres da região recrutadas para fazer o serviço no manicômio, que se resumia em dar o remédio, aplicar injeção, impedir as brigas, acionar o aparelho de choque.

Peço desculpas, Excelência. Estou dando muitas voltas. É possível que eu me perca em algum momento. Como agora. Eu falava sobre o quê mesmo?

O senhor nos contava sobre as primeiras horas no Hospital Psiquiátrico de Curva dos Ventos, quando acordou e uma enfermeira...

Funcionária, corrigiu Mariano. Nenhuma daquelas mulheres era enfermeira.

Como queira. Continue nos contando a partir deste ponto.

Logo depois, veio outra mulher, mais forte, mais bruta e aplicou outra injeção no meu braço. E, mais uma vez, essa mulher também não fez questão de ouvir meus protestos de que eu não era louco, de que estava preso ali por engano, de que exigia a presença de um médico para me avaliar. Não houve nem contato visual naquele pequeno intervalo de tempo em que ela segurou meu braço, encontrou a veia e espetou o veneno. Era assim que nós chamávamos essas drogas que nos davam. Veneno.

Apaguei de novo.

No dia seguinte, meio zonzo e um pouco mais calmo devido ao efeito anestesiante dos remédios, segui para o setor de triagem.

Tiraram minhas roupas, expondo-me ao constrangimento de ficar nu em público. Eu não gostava de trocar de roupa nem perto da minha mãe. Em casa, eu trancava a porta sempre que ia ao banheiro, com medo de que ela entrasse e me visse pelado sem querer.

Rasparam minha cabeça como se eu fosse um criminoso. Vocês nem imaginam como aquilo doeu. Eu tinha tanto orgulho daqueles cabelos compridos. Era o que eu mais gostava no meu corpo. Gostava de lavá-los, escová-los, senti-los voar com o vento enquanto andava de bicicleta. Quando eles cortaram, deixei de ser igual a ela.

A quem o senhor se refere?

Mamãe.

Mariano se cala. O jeito como ele aperta a cabeça com violência demonstra o quanto ainda o incomoda. Tenho vontade de perguntar qual seria a maior tristeza: o corte dos cabelos ou a dessemelhança com a mãe a partir disso. Mas não posso me manifestar. A condição de estar aqui é permanecer em silêncio. O tempo todo. E cumprir a parte essencial do acordo: "Se prometer manter o sigilo e a boca fechada, concedo a autorização", disse o juiz Inácio Bertioga. E, assim, ninguém pergunta. Deixam passar um ponto importante da história. Mas essa é apenas a minha opinião. Não importa.

Mariano tinha manchas escuras no rosto e nos braços. Não sei se advêm do tempo em que ficou internado, se são cicatrizes de violência sofrida na prisão ou sintomas de alguma doença de pele.

Enquanto eu via naquele rosto inexpressivo a imagem de um adolescente que teve sua vida roubada ao ser encarcerado no hospício, o júri, talvez, nunca viesse a enxergá-lo como um ser frágil de dezessete anos sendo levado à força pela própria mãe para aquele inferno onde ela desejava escondê-lo. O júri via apenas um homem com mais de trinta anos, sério, aparentemente sem sentimentos ou resquícios de que estivesse arrependido, de olhar distante e voz sem entonação. Um maníaco que não só matou sua genitora, como também cometeu atrocidades com o cadáver. Era grande a possibilidade de que, ao fim do julgamento, concluíssem que um homem assim seria capaz de coisas muito piores se posto em liberdade.

A gente é despido da aparência de antes, disse Mariano.
Perdi o meu nome.
Perdi, inclusive, o meu rosto.

Quando eu era criança, os espelhos refletiam o que eu não gostava de ver. Meu rosto de traços masculinos, quadrado, não era condizente com a suavidade dos contornos que eu imaginava ao fechar os olhos. Piorou muito com o crescimento de pelos. Eu passei a ter outra preocupação diária: raspar a barba até esfolar a pele.

Com o passar dos anos e, principalmente, com a chegada da adolescência, deixei de dar tanta atenção à imagem refletida no espelho. Mas ter sido proibido de ver o meu rosto enquanto estive preso em Campo Santo, me fez esquecê-lo completamente. Além de morto, eu me tornei invisível.

Ainda assim, a maior penitência era a convivência forçada. Antes da internação, por mais que eu sofresse com as brincadeiras maldosas de colegas na escola, eu podia voltar para minha casa ao fim das aulas, e ficar sozinho no meu quarto. No hospício, não. O tempo todo você está rodeado de pessoas indesejáveis, que só nos fazem lembrar constantemente da nossa condição de escória do mundo.

Aos poucos, nosso passado, nossas lembranças, memórias, nossas características principais, tudo aquilo que nos define vai ficando para trás. No fim, não sobra nada do que já fomos um dia.

Ainda durante a triagem, nu, fui conduzido até um cômodo grande revestido de azulejos. Mandaram que eu caminhasse até o fundo e ficasse de costas com as mãos na parede. Com uma mangueira de alta pressão me deram banho. Água muito fria. Gelada. Depois pediram que eu me virasse. Lavaram-me de cima a baixo, com sorrisos de escárnio.

Após o banho, tremendo de frio, recebi o uniforme azul — calça e camiseta —, que não protegia ninguém das baixas temperaturas no inverno. Não havia chinelos. A gente era obrigado a andar descalço.

Por ter condições de trabalhar, fui para o pavilhão destinado aos mais "saudáveis".

Nos primeiros dias, não aceitei passivamente a estada involuntária naquele lugar. Agredi funcionários. Cheguei a morder o braço de um deles. Jogava comida no chão. Cuspia os comprimidos que me obrigavam a tomar.

Na tentativa de demonstrar que era normal, estava cada dia mais louco de raiva. Gritava por ajuda a todo o momento. Temia a aproximação dos outros internos e passei a agredi-los também.

Em represália, sofri os mais terríveis castigos. Foram várias sessões de eletrochoque, aplicadas de forma indiscriminada. Impossível esquecer de quando era amarrado na cama e colocavam uma borracha entre meus lábios, para evitar que eu mordesse ou arrancasse a própria língua durante as descargas elétricas. Vocês por acaso já tiveram a oportunidade de ver alguém levando eletrochoque? Uma espuma de saliva escorre dos cantos da boca, o corpo inteiro treme, apertamos os olhos, que se esbugalham até não aguentar mais e os músculos da cara se contraem tanto, mas tanto, que fica toda enrugada. O choque tem a terrível consequência de nos envelhecer mais depressa. As unhas, de tão grandes, perfuram a palma das mãos devido à pressão com que apertamos os dedos contra a pele. A garganta se fecha, dando a impressão de ter bem no meio dela uma pedra pontiaguda tentando descer para o estômago. A cabeça fica empapada de suor.

Após os choques eu perdia a consciência. Por dois dias eu ficava calmo, em parte devido à eficiência do choque em nos deixar apáticos, mas também pelo medo que eu tinha de ser submetido novamente àquele horror. Contudo, não demorava muito e eu voltava a ficar violento, agredindo funcionários e internos.

Nenhum médico me examinou.

Não fiz sequer um exame.

Não fizeram questão de dizer o que eu tinha.

Eu era apenas mais um em meio a tantos enjeitados pela sociedade.

Meses depois, cansado e esgotado, conheci Zilá, uma velha vestida de farrapos. Não sei se esse era seu nome verdadeiro, não tínhamos como saber. Ela se apresentava assim. Dizia se chamar Zilá e ponto.

A primeira vez que a vi foi no refeitório. Ela estava sentada ao meu lado, enquanto eu só observava, sem tocar ou pôr na boca o caldo malcheiroso com legumes boiando num prato de alumínio. A comida era uma porcaria. Zilá notou meu desprezo pela refeição e tratou logo de dizer que se eu continuasse agindo assim, ia morrer de fome.

Pensei ter encontrado alguém com quem pudesse conversar. Sem encará-la, eu disse que havia sido encarcerado à força, ao que ela me respondeu prontamente que nenhum deles, inclusive ela, merecia aquela prisão e que, com o tempo, eu me acostumaria. Em seguida riu alto, muito alto, de forma assustadora.

Bastou que eu voltasse meus olhos para o rosto de Zilá, prestando bem atenção na sua testa alta e rugosa, como se marcada por cicatrizes, para entender que ela devia estar em Campo Santo há muitos anos e que eu, provavelmente, teria o mesmo destino.

Ela me aconselhou a tomar os remédios, disse que ajudavam a nos acalmar. Usar os remédios a meu favor seria uma maneira de conseguir viver ali. E disse também para trabalhar, ocupar a cabeça.

Foi por meio de Zilá que descobri que os choques e injeções em excesso podiam acabar me matando, e que os corpos dos internos mortos ali eram vendidos para as faculdades de medicina da região. Acho que graças a ela, consegui sobreviver. De maneira a evitar novas sessões de eletrochoque, segui os conselhos de Zilá. Não recusei mais os remédios. Eram três comprimidos ao dia. Um após cada refeição.

Zilá era famosa entre os internos. Agressiva. Temida. Encrenqueira. Defensora dos mais fracos. Rebelde. E engravidou no manicômio. Para proteger-se durante a gestação, diziam que passava fezes pelo corpo de modo a impedir que as funcionárias ou os guardas se aproximassem. Assim que a criança nasceu, mãe e filha foram separadas e nunca mais se encontraram.

Eram comuns relações sexuais entre as internas e os funcionários. E quando as crianças nasciam, as freiras arrancavam dos braços da mãe após as primeiras horas e levavam para adoção.

Eu tenho pra mim que aquela criança da Zilá era do Everardo, um funcionário grande e forte que gostava de bater na gente. Eu mesmo já tinha visto ele se engraçando com as meninas novas recém-chegadas. Fingia consolo e acabava currando as pobres coitadas. Diziam que ele comia até as freiras, que de santas não tinham nada. Desculpe, Excelência pelo palavrão. Mas isso aí dele ir pra cama com as freiras, eu só ouvi falar. Nunca vi nada não.

Mariano hesita.

Acho que me perdi de novo.

O senhor nos dizia a respeito de Zilá.

Ah, sim, é verdade. Certa vez, Zilá acordou muito violenta, de uma maneira que nunca tinha visto antes. Saiu gritando pelo pátio, feito um bicho raivoso. Foi preciso várias funcionárias para contê-la. Logo em seguida, a arrastaram para o choque. Não tive coragem de ver. Fiquei no pátio, encolhido num canto, até que ela veio se sentar ao meu lado, mais calma, com os olhos arregalados quase saltando da cara. O choque nos deixava dormindo acordado, sabe? Tudo que a gente via depois parecia sonho, ilusão, irreal, distante.

"Por que te trouxeram para cá?", Zilá me perguntou. A boca ainda suja, a barra do vestido molhada provavelmente de mijo, os lábios cortados.

"Não sei", eu disse, envergonhado. Naquele tempo, ainda não havia uma resposta para essa pergunta. Quer dizer, certeza, certeza, eu não tinha.

"Claro que você sabe, menino", ela me provocava. "A gente sempre sabe. Tem aquele que bebeu demais e veio parar aqui. Tem aquela que engravidou do patrão. Tem muitos que viviam nas ruas, feito mendigos. Os que nasceram com defeitos. Algum problema você devia ter."

Eu desconfiava que sim, pensei. O desejo que eu sentia ao ver outros homens. Por saber que era errado. Por deixar minha mãe infeliz. Por não conseguir mudar. Por viver isolado dentro de casa. O principal motivo da internação eu só descobri mesmo muitos anos depois.

Eu me sentia seguro ao lado de Zilá. Passei a desejar, inclusive, que ela fosse minha mãe. No manicômio, ela era respeitada por todos os outros internos. A partir do momento em que ficou claro a minha posição de seu protegido, ninguém mais me incomodou. Seria bom se eu pudesse ter transportado aquela nossa relação de segurança e afeto para outro mundo ou para qualquer outro momento que não aquele de clausura.

Mariano interrompe seu depoimento e pede água. O advogado de defesa aproveita a pausa para trocar algumas palavras com Mariano que, aparentemente mais calmo, balança a cabeça para cima e para baixo repetidas vezes. Suas mãos tremem ao levar o copo de plástico até a boca.

O senhor tem condições de continuar?, perguntou o juiz.
Sim, Excelência.
Então, por favor, prossiga.
Zilá tinha razão. Eu não era o único injustiçado. Muitos foram internados por adultério, por dormirem na rua, por embriaguez, por engravidar de seus patrões, outros por terem algum defeito físico e alguns, pasmem, só pelo fato de serem negros. Assim como eu, quase ninguém ali padecia de algum distúrbio mental, pelo menos não antes de chegar naquele lugar. Toda semana chegava a Campo Santo uma penca de novos moradores que, depois de um tempo jogados lá, adquiriam aspectos de louco.

Era impossível estabelecer um diálogo com a maioria daquelas criaturas. A aparência raivosa, o andar cabisbaixo, a insignificância da nudez. Alguns se arrastavam pelo chão. Eu tinha a impressão de estar entre animais. Nos primeiros dias ali, eu me fazia a mesma pergunta: era nisso que me transformaria, numa besta-fera? O meu afastamento inicial se deu porque eu não queria ser como eles. Achava que, a partir do momento em que conversasse ou estabelecesse amizade, aceitaria minha condição de estar entre iguais. Lutei o quanto pude para manter acessível na memória os objetos, palavras, pessoas, cheiros, músicas que remetessem à minha origem. Mas depois de tantos choques e comprimidos, esquecer quem somos é inevitável.

Infelizmente, o encarceramento por prazo indeterminado vai deformando a nossa alma. A transformação é lenta, porém contínua, e quando você menos percebe, está igualzinho a eles, fazendo as mesmas coisas, caminhando sem rumo, com aqueles mesmos olhares de desolação.

A gente se torna um andarilho, isolados em nosso mundo de ausências. Não havia outra coisa a fazer quando estávamos no pátio a não ser andar em volta de si mesmo ou jogar-se no chão, pelos cantos, sem se incomodar muito com as valas de esgoto ou com a lama. No início, meu pé sem chinelos chegava a sangrar por causa das pedras, cascalhos e lixo espalhados.

Dentro do hospício perdi, além da liberdade, a minha própria identidade. A tristeza de estar internado deve-se à obrigação de se desfazer das memórias, dos afetos. Tive de esquecer meu quarto, a comida que mamãe preparava, o banho quente, a cama macia, o silêncio à noite. Foi difícil se acostumar com os gritos durante a madrugada, com os pesadelos constantes. Ainda ouço essas vozes e gritos aqui dentro. Basta fechar os olhos. Continuo preso àquele tormento e tenho a impressão de que jamais vou me libertar. Pode ser que haja outro inferno. Após a morte. Isso se a justiça divina me alcançar. Se Deus existir, o que já não tenho mais tanta certeza.

No decorrer dos anos, viver tornou-se inútil e sem esperanças. Os dias iam passando e levando pra bem longe a ideia de que, para além daqueles muros, eu podia ser livre.

E vocês devem estar se perguntando como suportei a prisão em Campo Santo. A verdade é que nem eu sei. A gente meio que perde a noção do tempo. Dias são como meses e semanas são como anos. Não sabemos mais se é domingo ou segunda, se já se aproxima o Natal. Isso já não faz diferença.

O interessante disso tudo é que, em Campo Santo, eu não conseguia odiar minha mãe. A raiva, com certeza, se transformaria em revolta, força, desejo de vingança. Em vontade de fugir. Mas talvez eu tenha preferido viver ali, recluso. Era melhor do que tentar sair, ver a luz, e me ofuscar com a mais destruidora verdade: descobrir que mamãe tinha me expulsado de sua vida. A mesma incerteza que me prendia às trevas também me protegia de enxergar a realidade que eu não ousava admitir. Em ambos os mundos — no de dentro e no de fora, além-muros —, de nada adiantava meus olhos. Eu estava cego. E evitava pensar nisso.

Uma nova onda de silêncio invadiu o plenário. Toda vez que Mariano se referia à mãe, demonstrava certo descontrole, visível na voz, trêmula e engasgada, no ritmo nervoso da narrativa, nos olhos que piscavam além do normal e na tendência a ajeitar o corpo várias vezes na cadeira.

Eu pensei que, dessa vez, Mariano não voltaria a falar, mas o juiz Inácio Bertioga fez uma nova pergunta.

O senhor disse que trabalhava no hospício?

Sim, Excelência.

Fazendo o quê?

Eu era responsável por recolher, bem cedo, o capim.

Capim?

Na maioria dos pavilhões, os pacientes dormiam em capim espalhados pelo chão. Era comum o capim amanhecer encharcado de mijo ou muito úmido. Por isso tinha que pegar sol durante o dia para que pudesse secar. Antes do anoitecer a gente recolhia e voltava com ele para dentro dos pavilhões.

À noite, o capim não só continuava molhado e fedido, como também cheio de mosquitos, formigas e pulgas que nos picavam o corpo inteiro.

Às vezes eu me pegava pensando se mamãe sabia o grande mal que havia me submetido ao me abandonar no hospício. Talvez ela acreditasse, de verdade, num tratamento apropriado, humano, justo, à base de remédios e terapias. Era assim que eu preferia imaginar que ela pensava. Talvez ela não se desse conta de que, além da aflição mental, eu estava exposto a um grande sofrimento físico similar às piores torturas. Talvez, mamãe estivesse contando os dias para vir me buscar, esperando findar o prazo médico emitido por algum doutor. E que ia me encontrar "curado".

Mas o tempo foi passando e nada. Nada de eu ver, entrando por aquele portão, a figura de mamãe que, até mesmo em sonhos, deixou de me visitar.

Por quanto tempo permaneceu em Campo Santo, Mariano?

Doze anos, oito meses e dez dias.

E como foi o reencontro com sua mãe?

Desde o princípio, eu sabia que não seria fácil, mas estava decidido a vê-la de novo. E ninguém me faria mudar de ideia. Além do quê, eu precisava de um bom motivo para continuar vivendo, já que, em liberdade, tinha muitos motivos para eu querer me matar: a dificuldade de me adequar novamente ao mundo, o espanto que a minha aparência causava nas pessoas, os efeitos colaterais decorrentes da retirada controlada dos medicamentos. E as lembranças de todo o sofrimento que passei ali. No entanto, reencontrar mamãe era o único motivo que eu tinha para seguir em frente.

E o senhor confessa, perante esse tribunal, que a matou?

Sim, matei.

E pode nos esclarecer como aconteceu?

Sim, Excelência.

Mariano lançou um olhar inquieto ao juiz. Depois ao júri. Alguns segundos se passaram e ele então retomou a fala.

Depois de anos no exílio, como pude acreditar que voltar à minha casa ajudaria a esquecer de vez o meu passado e a perdoar mamãe por todo estrago que causou?

Durante meses, analisei minhas opções: levar a vida adiante sem olhar para trás? Ou tentar reatar o convívio com mamãe, ainda que essa segunda alternativa trouxesse consequências mais trágicas que todos os anos de clausura? A primeira opção era a mais sensata, mas não me animava em nada devido às frágeis alianças de conforto e felicidade. Seria muito mais cômodo seguir em frente. Mas que sentido de existência havia nisso? A psicóloga me alertou que reencontrar minha mãe, assim, de imediato, só dificultaria mais as coisas.

Nesse momento, Mariano ergueu a cabeça. Deparei-me, aturdido, com seus olhos pequenos e inexpressivos pela primeira vez. De repente, foi como se eu desejasse por aquele contato visual desde o início, como se fosse esse o motivo de me ver ali por vários dias assistindo esse julgamento; a razão de ter regressado a Curva dos Ventos. Como se, através de uma troca de olhares que não demorou mais que dois segundos, eu pudesse me justificar perante o mundo. Percebi, enfim, que eu é quem estava sendo julgado; eu é quem esperava que Mariano me concedesse perdão.

Eu sentia o mesmo gosto de sangue na boca, de anos atrás.

Mas foi tudo muito rápido.

Mariano procurava mesmo era por Suzane, sua psicóloga, sentada bem ao meu lado. Em seguida, voltando a fixar a olhar no linóleo desgastado, continuou seu depoimento, nos contando um pouco sobre a residência terapêutica — o lugar para onde alguns internos, os mais "saudáveis", foram transferidos.

O confronto com mamãe atrapalharia minha recuperação, que vinha progredindo tão bem nos últimos meses. Havia cortado pela metade os remédios. Os tremores das mãos e dos lábios tornaram-se quase imperceptíveis.

Me conseguiram um emprego. Nada de muito especial. Apenas uma ocupação para a cabeça. Todos os dias, eu ia para o mercadinho do centro onde ajudava a empacotar as compras dos fregueses. Eu gostava porque precisava só saber separar os tipos de alimentos na hora de colocá-los na sacola. As carnes. As frutas e os legumes. O arroz. O feijão. Os materiais de limpeza. O melhor era que quase ninguém notava minha presença. Ser invisível tornou-se uma vantagem. Um ou outro agradecia. Domingo era dia de ir à missa pela manhã. Os enfermeiros acompanhavam a gente. Porém, eu não me sentia confortável dentro da igreja. Não só dentro da igreja, mas em relação a tudo o que se referia a Deus. De certa forma, eu o culpava. Por não ter feito nada. Deus morre dentro da gente depois que a tempestade passa, o sol nasce e a contagem dos mortos impressiona. Sobreviver deixa de ser divino, torna-se coisa do acaso, sem importância, sem beleza alguma.

Jamais vou esquecer o que Zilá me disse duas semanas antes de morrer: "Deus estará sempre do lado dos opressores. Não importa a época. Foi assim durante a Peste Negra. Durante a Inquisição. Durante o Holocausto. Fico imaginando as mulheres virgens e santas, olhando aflitas para o alto, clamando a Deus por salvação enquanto a fogueira ardia sob seus pés e rapidamente as consumia. Ou então penso nos judeus caminhando como gados conduzidos ao matadouro, em direção à câmara de gás, desnutridos, famintos, doentes, crendo que, no último minuto, Deus mandaria dos céus raios e trovões que mataria todos os nazistas de uma tacada só. Mas daquele céu cinzento da Segunda Guerra só caía neve, chuva e perfume de carne queimada nos incineradores. Deus não se comove com lamentos humanos. Nunca houve Paraíso, garoto. Nunca haverá. Só existe um reino. Esse em que nós padecemos. Onde Deus é rei. A morte é rainha. E nós somos os bobos da corte."

Digo isso porque procurar mamãe não passou de uma decisão prática. Nada tem a ver com religião, pecado, Deus, ou medo de ir para o Inferno.

Dois anos se passaram, desde a liberdade provisória até o dia em que fui em busca de mamãe e de minha antiga casa. De tão ansioso, não preguei os olhos na véspera. Acordei cedo, tomei apenas café. O coração batia forte, nervoso. Pela primeira vez, em anos, eu senti vontade de levantar da cama, de fazer alguma coisa. A decisão de rever mamãe me trouxe de volta à vida, como há muito tempo não sentia.

Saí de casa antes de o nascer do sol. Não queria ser visto por aqueles que moravam comigo ou pelos profissionais que cuidavam da gente. No mínimo exigiriam que eu não fosse sozinho. E eu bem sabia que o melhor era não ter testemunhas. Não que já tivesse intenção de matá-la, de forma alguma. Isso nunca passou pela minha cabeça, nem nos dias de maiores sofrimentos e raiva no hospício onde ela havia me internado. Eu pretendia apenas seguir meus próprios passos, minha intuição, de forma independente, sem ajuda ou auxílio de ninguém.

Acho que, no fundo, eu tinha esperança de mamãe ser o oposto de tudo o que me disseram sobre ela. Assim que colocasse os olhos em mim, ela reconheceria o grande mal que me causou; confessaria que se arrependeu, mas não teve forças para me tirar de lá. Vivia na pobreza, sem condições de pôr mais alguém dentro de casa. Se assim fosse, eu faria de tudo para que vivêssemos uma vida melhor. Procuraria um emprego, ajudaria nas despesas da casa, juntos seríamos uma família feliz. Só assim teria condições de apagar, do meu passado, os dias trágicos em Campo Santo.

No entanto, ao reencontrá-la, meus sentimentos me traíram. Agi por impulso, num ódio crescente, sem que pudesse avaliar, a tempo, sobre o certo e o errado.

Sempre fui alguém inadequado. Desde a infância.

Na escola, eu era o fraco.

Em casa, o indecente.

Na igreja, o amaldiçoado.

No mundo, apenas um desajeitado.

No hospício, enfim, eu estava entre iguais.

Conheço bem esses sentimentos de quem está internado numa instituição psiquiátrica. Inferiores, fracos, culpados, além do declínio a uma forma mais primitiva da vida psíquica, marcada pela apatia, insensibilidade e indiferença. A deterioração do ser em razão do abandono, da deslealdade, da amargura. E, por fim, a perda total do papel na sociedade.

Ao me aproximar da casa onde cresci, vejo que o lugar parece abandonado. O portão não resistiu ao tempo e à ferrugem. Tombou-se para dentro do quintal. A pintura desbotada das paredes não permite mais identificar a cor de antes. A janela da frente tem o vidro quebrado e uma cortina rasgada desponta por trás da grade de ferro carcomida, voando ao balanço da brisa fraca, feito fantasma. O mato cresceu ao redor, imperioso, padecendo de capricho.

Sinto uma dor profunda na altura do peito ao estar de volta. Junto à dor vem a falta de ar, a sensação de sufocamento. Jamais passou pela minha cabeça que seria fácil o retorno àquela casa. Ela guardava lembranças que foram sendo dolorosamente revividas aos poucos, à medida em que meus olhos, assustados e tímidos, percorriam cada canto da casa isolada num terreno grande, distante de vizinhos.

O cheiro de terra seca e a poeira grossa espalhada pelo vento realçavam meu passado estragado, sem qualquer chance de recuperação à vista. Era quase uma certeza de que nada mais podia ser feito para consertar o mal que se abateu sobre mim.

Fracassei duas vezes no manicômio.
E me arrependo profundamente.
O uniforme não nos protegia do frio. Durante o inverno, nossos lábios chegavam a rachar e sangrar, abrindo feridas. Nossos músculos enrijeciam, nossas pernas e

braços pesavam toneladas. Parecia que a gente ia congelar de tanto frio. As freiras nos acordavam as cinco da manhã e nos expulsavam dos pavilhões com a desculpa de fazer a limpeza do local. Sendo assim, não tínhamos escolha a não ser irmos para o pátio, bem antes de o sol nascer, expostos a temperaturas baixíssimas, alguns nus, outros em condições precárias de saúde. O jeito era se agrupar, formando uma massa humana. Os de fora iam trocando de lugar com os de dentro para que todos pudessem se aquecer. Só que muitas vezes o pior acontecia. Havia os que ficavam por baixo tempo demais e morriam sufocados. Não tínhamos noção de que, na tentativa desesperada de fugir do frio, a gente acabava se amontoado uns em cima dos outros de maneira assassina.

Mais tarde vinha o coveiro buscar os corpos para serem enterrados no cemitério ao lado do manicômio ou vendidos ou doados para as faculdades de medicina. Eles eram empilhados dentro de uma carrocinha que tinha uma cruz desenhada em cada uma das laterais.

Tive a ideia de me fingir de morto. Eles sequer conferiam. Juntava o coveiro e mais um ou dois funcionários e davam como mortos aqueles que permaneciam quietos e imóveis, após a massa se desfazer. Nossa aparência suja, fedida e magra nos fazia parecer defuntos. Pra quê legistas, atestado de óbito, funeral, caixão? Ninguém se importava. Para muitas famílias, o manicômio significava nossa sentença de morte. Éramos deixados lá para morrer.

Eu ficaria então paradinho, com os olhos fechados e, quando o coveiro se aproximasse, prenderia a respiração. Deixaria que me colocasse dentro da carroça, e me levasse para fora do hospital e quando estivesse do lado de fora daria um jeito de saltar e sair correndo o mais rápido que conseguisse, apesar da fraqueza que eu sentia nos ossos e nos músculos.

O plano correu bem até o dia amanhecer e eu ser colocado dentro da carrocinha sem suspeitas de estar vivo. Daí em diante as coisas fugiram do meu controle. Não sabia que os mortos eram trancafiados. Só notei quando ouvi o som do cadeado sendo batido. Não fazia sentido trancar um compartimento onde só tinha gente morta.

Dentro da carroça abafada, mesmo desesperado, cercado de defuntos, mantive os olhos fechados por precaução. Os cavalos começaram a puxar e a carroça sacolejou ao se mover pelo chão de terra esburacado. Abri os olhos após ouvir o portão sendo aberto e o cumprimento cordial entre o coveiro e o guarda que ficava na guarita principal. Vi, por entre as frestas da madeira, algumas poucas árvores e senti certa felicidade por saber que, em breve, eu deixaria para sempre o ar viciado do manicômio. Uma pena que a felicidade durou pouco, pois logo me dei conta de que seria impossível fugir da carroça. Eu teria que esperar a chegada ao cemitério ou a qualquer outro lugar onde fossem dispensar os corpos.

O trajeto foi curto. Cinco ou dez minutos, no máximo. Ouvi quando se aproximou da carroça outra pessoa.

Voz de homem. Fechei rapidamente o olho tão logo a portinhola se abriu. Meu coração acelerou e minha respiração se descontrolou num ritmo acelerado e barulhento. Fiquei com medo que eles se atentassem de que havia um vivo entre os mortos. Rindo de algo que diziam sem que eu prestasse atenção, eles começaram a descarregar a carroça. Fui um dos últimos. Um dos homens pegou nas minhas canelas, arrastou-me com força para fora até quase me tirar por inteiro. Depois o outro me segurou pela cabeça e juntos me arremessaram no buraco.

Lá embaixo, abri meus olhos a tempo de me mover rapidamente para o lado antes que outro corpo caísse certeiro em cima de mim. Tive de avaliar em poucos segundos minha situação naquele momento. Eles enterrariam todos os corpos numa mesma cova. Se continuasse a me fingir de morto, logo uma tonelada de terra cairia sobre mim, e eu não conseguiria escapar. O buraco era muito fundo, o ar não seria suficiente e, provavelmente, não teria força para abrir caminho com as mãos até à superfície.

Pensei rápido e gritei. A princípio, um grito fraco, temeroso, a voz rouca e engasgada. Gritei mais alto. E mais alto, até que o coveiro observou da borda. Após constatar, com surpresa e temor, que tinha gente viva entre aqueles corpos, me ajudou a sair. Amarrou meus braços e minhas pernas e me levou de volta ao cativeiro.

Como castigo, recebi choques durante uma semana e fiquei preso na solitária. Fracassei. E quando digo que fracassei, já não me refiro mais a fuga, mas sim pelo fato de que teria sido melhor permanecer naquele buraco. Não estaríamos aqui agora.

E mamãe ainda viveria.

Outra situação da qual me arrependo refere-se à primeira tentativa de suicídio.

Por descuido, uma das funcionárias esqueceu de trancar a porta do almoxarifado onde eram guardados os remédios. Não pensei duas vezes. Invadi o pequeno cômodo. Sem facas ou objetos com os quais pudesse cortar os pulsos, sem lençóis ou cordas para me enforcar e sem acesso a lugares altos de onde pudesse me jogar, os medicamentos eram a única maneira de me suicidar. O problema é que, ao entrar no compartimento, constatei que os comprimidos ficavam dentro de armários trancados. Talvez por isso ela não tenha se importado de deixar a porta encostada, sem passar a chave.

Ocorre que os armários eram de vidro. Bastaria que eu fechasse a mão, desferisse um golpe e pegasse um frasco. Todos os medicamentos que tomávamos eram sedativos. Se tomasse qualquer um deles em grande quantidade, seria o bastante para me matar. Ou ainda poderia usar o vidro para cortar os pulsos. Talvez meus dedos doessem com o rasgo que o vidro quebrado causaria. Mas tem o fato de que eu também detestava ver sangue. Demorei tempo demais pensando nessas coisas. Não estava sendo ágil. A funcionária não demoraria a voltar. Elas raramente deixavam o almoxarifado desguarnecido. Então respirei fundo e disse pra mim mesmo que, por mais que os cortes fossem profundos e ardessem, eu precisaria aguentar somente até os comprimidos fazerem efeito, uns quinze minutos.

    Quebrei o vidro. Meus dedos sangraram imediatamente. Não senti muita dor. Segurando um dos frascos, hesitei mais uma vez. Ao invés de virá-lo na boca, pensei em mamãe. Me perguntei o que ela acharia? E enquanto eu pensava na última imagem que tinha da minha mãe, dentro daquele carro estacionado em frente ao hospício, a funcionária voltou e me pegou segurando o frasco ainda fechado. Aos meus pés, uma poça de sangue se formava. Acho que a hemorragia me deixou mais debilitado, pois não ofereci resistência ao ser retirado do ambiente por um guarda e ser levado de volta ao pavilhão.

    Não tiveram sequer a sensibilidade de fazer o curativo em meus dedos.

    Se minha mãe me salvou do suicídio, não sei afirmar. Ela, provavelmente, não ousaria invadir meus pensamentos para me deter se soubesse que anos depois eu ganharia a liberdade e acabaria com sua vida.

    O assassinato foi meu terceiro fracasso — o desastre que poderia ter sido evitado se, naquele dia em que estive próximo à entrada de minha casa, eu tivesse ido embora.

    Ao invés de voltar atrás, dei alguns passos e adentrei o quintal, abrindo caminho pelo mato alto e espantando com as mãos os mosquitos. Bati palmas ao chegar à varanda. Torci para que alguém estivesse em casa e, ao mesmo tempo, desejei que ninguém abrisse a porta.

Mas eu insisti. Bati palmas mais uma vez. Olhei para trás, e senti que não estava sozinho ali. Que sensação estranha a de voltar a um lugar conhecido tendo a impressão de atracar num porto em que nunca estive!

Sem obter resposta, contornei a casa indo em direção ao quintal dos fundos, também cheio de mato, mosquitos e silêncio. O sol forte ardia em meu rosto. O suor começava a escorrer pelas costas molhando a camisa. Os pés também pareciam sambar numa poça dentro dos sapatos. Puxei o lenço do bolso e enxuguei a testa, paralisado ante a dúvida de avançar ou retroceder definitivamente.

Na residência terapêutica ou em Campo Santo, eu vivia rodeado de pessoas, embora isso não fizesse a menor diferença. A loucura nos condena ao isolamento, sempre. E ali, naquele quintal abandonado e sujo da casa de minha infância, era a primeira vez, depois de muitos anos, que eu podia desfrutar da solidão que sempre desejei, apesar da sensação assustadora de estar sendo acompanhado por olhares à espreita – de bicho ou de gente.

Havia um galinheiro lá no fundo, com uma meia dúzia de aves. Conforme fui me aproximando, elas começaram a cacarejar desesperadas, batendo as asas, se chocando contra a tela. Parecia que um predador tinha invadido e elas tentavam se salvar. Ou intuíram que eu estava ali para maltratá-las.

Não consegui me aproximar a tempo de ver o que deixava as galinhas tão assustadas, pois, de repente, recebi uma paulada na cabeça. Antes de desmaiar, ainda me virei para ver o vulto de uma mulher erguendo um pedaço de madeira. Desabei aos seus pés, sem chances de reagir.

Ao recobrar a consciência, sei lá quanto tempo depois, estava sozinho, deitado sobre o chão sujo de um quarto. A luz do sol entrava através da janela, formando um retângulo luminoso no piso de tacos envelhecidos, cobertos por espessa camada de terra e penas de galinha. Flocos de poeira dançavam no feixe de luz.

Estou de volta ao manicômio?, me questionei. Dentro do minúsculo quarto, havia só uma cama de solteiro com um colchão velho. Teias de aranha desciam dos cantos do teto quase até tocar o chão. Era o mesmo ar abafado dos pavilhões em Campo Santo. A mesma ausência de normalidade. O pressentimento constante de que qualquer dia ou minuto seria o último. O mesmo cheiro de merda. Só que, naquele quarto, os excrementos eram de bicho. De galinhas, a julgar pelas penas.

Aparentemente não havia mais ninguém na casa. Procurei não me mexer. Tinha medo de fazer barulho. Chamar a atenção da pessoa que me bateu. Teria sido minha mãe? Tentava me matar pela segunda vez? O melhor seria esperar um pouco e, depois que tivesse certeza de que era seguro, me levantar e ir embora.

Nunca deveria ter ido até lá. Já não fazia mais sentido a ideia de procurar mamãe. Não havia nada a ser recuperado dentro daquela casa. Nada que eu quisesse ver de novo. Nenhuma saudade de fato a ser interrompida. Nossa relação entre mãe e filho jamais seria restabelecida como eu gostaria que fosse.

Assim que as minhas vistas foram se adaptando à semiescuridão, vi um monte de bonecas espalhadas. Todas quebradas. Pernas para um lado, cabeça para outro. Dispostas em prateleiras pregadas na parede, no chão, sobre a cama. Os pedaços de bonecas não me eram estranhos. Ainda que, naquele momento, eu nem me lembrasse mais que fizeram parte da minha juventude, dos meus sonhos, daquilo que eu queria ser no futuro. A diferença é que as escondia sempre. Dentro dos armários, nas gavetas, em cima das árvores. Aquela cena parecia uma provocação. Mamãe me espancaria até a morte se um dia chegasse em casa e visse tantas bonecas assim espalhadas em meu quarto.

Meu quarto...

Então recuperei a memória e constatei que o lugar onde eu estava jogado, com a cabeça dolorida e pesada, era o cômodo que, na infância e em parte da adolescência, me escondia para chorar e tentar me proteger do mundo. O meu quarto. Era onde eu também me trancava para fugir de mamãe, para fugir do mundo. Às vezes eu conseguia correr, trancar a porta e evitar que continuasse me batendo com seus tamancos. Nem sempre obtinha sucesso na fuga. Nem sempre.

A região da cabeça onde me atingiu a paulada latejava forte, acompanhando as batidas do coração. Ao passar a mão entre os cabelos, senti apenas o inchaço. Não havia resquícios de sangue. Levantei-me devagar, conseguindo me sentar recostado à parede.

Aquelas criaturas destroçadas me observavam do mesmo jeito que os internos no manicômio. Algumas bonecas sem braços, outras sem as pernas, sem roupas, carecas, cabeças sem corpos, corpos sem cabeças. Bracinhos e perninhas espalhadas pelo quarto. Pequenas, grandes, bebês. Encarando-me como se me desafiassem. Eu havia sido jogado num cemitério de bonecas?

Protesto, Meritíssimo, gritou o promotor erguendo-se de sua cadeira. Não consta nos autos esses objetos mencionados pelo réu. Refiro-me às bonecas. A casa foi periciada pelos agentes da Polícia Civil e posso garantir a Vossa Excelência que nada foi inserido ou retirado da cena do crime logo após Mariano ter sido preso em flagrante, ao lado do corpo da mãe.

Queimei tudo, insistiu Mariano.

Eu tive a impressão de ter visto um sorriso em seu rosto.

O senhor só prossiga quando eu assim determinar, alertou o juiz, olhando para Mariano. Depois dirigiu-se ao advogado de acusação. Quanto à alegação da Promotoria, protesto negado.

Mas, Meritíssimo, ficaremos aqui a noite inteira ouvindo devaneios de um louco?

Mais respeito com esse tribunal, senhor promotor. O réu tem direito a contar sua versão sobre o caso. Não o desqualifique pré-julgando sua sanidade mental. Essa questão cabe a peritos especialmente designados. O senhor é advogado, não um psiquiatra. E quanto ao senhor, disse dirigindo-se a Mariano agora, reafirmo que dispõe de tempo suficiente para nos contar o que aconteceu no dia em que matou sua mãe, mas não seria melhor aproveitar esse momento para ir direto ao ponto ao invés de discorrer sobre aspectos que aborrecem esse tribunal e não lhe ajuda em sua defesa?

É que aquelas bonecas significavam muito pra mim. É parte importante desta trajetória e prometo ser breve.

Continue, disse o juiz, sem fazer nenhum esforço para disfarçar sua impaciência.

Estávamos naturalmente cansados. Havíamos chegado ao plenário no início da tarde, logo após o almoço. Agora eram quase nove horas da noite. Fome, sede, fadiga, dores pelo corpo. As cadeiras eram muito desconfortáveis. Eu olhava para o relógio a cada minuto, torcendo que o juiz não decidisse varar a madrugada.

Apesar do forte interesse no depoimento de Mariano, que se aproximava justamente do momento em que todos nós, convidados, jurados, advogados, estudantes de Direito e de Psicologia, esperávamos ansiosos para ouvir — o reencontro com Lucinda, sua mãe, e como ele a matou brutalmente —, o cansaço nos dominava. A maioria dos presentes se remexia em seus assentos, cruzava e descruzava as pernas, tossia, deixando de transparecer a mesma atenção de horas antes. Alguns jurados, dispersos, abriam a boca de sono. Outros chegaram a cochilar, sendo despertados com cutucões pelos colegas ao lado.

Eu me esforçava para não perder a concentração. Queria muito tomar um café quente e forte. Um dorflex também ajudaria a diminuir as dores musculares. Nessas horas eu começava a me arrepender. Não deveria ter insistido tanto para participar desse espetáculo. Com certeza, eu estaria muito melhor deitado na minha cama, depois de uma garrafa de vinho e um bom filme.

Mas eu não podia relaxar. Deveria encarar esse retorno a Curva dos Ventos como um propósito de me reconciliar com o passado. Ou uma tentativa de. E podia ser que, no futuro, as pessoas tivessem interesse em ler sobre o que testemunhei nesses dias de julgamento. Procurei anotar tudo no meu caderno. Não queria correr o risco de deixar passar alguma frase ou expressão na fala de Mariano.

Endireitei meu corpo na cadeira e voltei a prestar atenção no que ele dizia.

Eu gostava de desenhar vestidos de noiva. Escondido, é claro. Esperava minha mãe dormir e me trancava no meu quarto. Ficava até altas horas acordado, rodeado de papel, lápis e revistas de moda que eu roubava das bancas de jornais. As bonecas serviam de modelos para as criações. Cheguei a costurar um vestido usando pedaços de lençol velho. Meu mundo dessa época tinha cores. Muito diferente do outro onde fui trancafiado. Lá, tudo era cinzento. Por anos me esqueci desses sonhos do passado. Eu teria sido alguém famoso.

Levei a maior surra quando mamãe descobriu as revistas e os desenhos escondidos numa maleta, atrás dos travesseiros e cobertores dentro do armário.

"Não criei filho meu pra ser viado", ela disse, ao me agarrar pelo pescoço assim que cheguei da escola. Depois me empurrou para os fundos da casa e me bateu com o cabo da vassoura. Enquanto ela me espancava, eu não revidava. Apenas me encolhia e tentava proteger a cabeça usando os braços. Era minha mãe e eu merecia ser punido.

A surra não foi a pior parte. Ela me fez queimar os desenhos. Mandou que eu os levasse para os fundos da casa e tacasse fogo neles. Como eu implorei para que ela não me obrigasse a fazer aquilo! Que me batesse até cansar, mas que não destruísse algo que demorei tanto tempo para construir. Eu disse a ela que não voltaria a desenhar vestidos de noiva, que guardaria aqueles rabiscos em um lugar tão escondido que ninguém jamais colocaria os olhos neles. Mas ela era insensível aos meus lamentos e promessas. Mamãe arrancou o vidro de álcool da minha mão e virou sobre as folhas, derramando a metade. Em seguida, deixou cair sobre os papeis o cigarro que fumava. As chamas logo consumiram tudo.

Chorei a noite inteira.

Nunca contou a ninguém sobre essas agressões?, perguntou o juiz.

Contar para quem, senhor? Para os meninos da escola de quem eu já apanhava quase que diariamente? Para os professores que repetiam que eu devia reagir feito homem? Para o padre? Ele teria feito igualzinho ao pastor, que se mancomunou com minha mãe e juntos me internaram num hospício. Não havia ninguém, como o senhor pode ver.

Sim, eu entendo, disse o juiz, usando um tom de voz paternal pela primeira vez.

Quando foi que ficou frente a frente com sua mãe?

Percebi que não estava sozinho na casa ao ouvir barulhos, como alguém manuseando panelas, mexendo nos armários, pronunciando palavras que não dava pra entender direito. Levantei-me sentindo dores na cabeça, abri a porta do quarto e andei seguindo os sons que vinham da cozinha.

Do corredor, vi uma mulher de costas, cabelos desgrenhados, descalça, falando sozinha, depenando uma galinha na pia. O cheiro de pena queimada era inconfundível. A bacia de alumínio no chão cheia de sangue.

Era o preparo de um cozido em comemoração ao meu retorno? Como na história do filho pródigo que é recebido por um banquete? Teria mamãe não me reconhecido do lado de fora da casa, por isso a paulada na cabeça? E depois disso, quando me viu caído me reconheceu, me levou para o quarto, cuidou de mim, e então preparava agora uma comida caseira e gostosa para o filho que estava de volta?

"Mãe?", eu disse.

Então ela se virou e vislumbrei seu rosto marcado de extensas e profundas rugas. Esperei tantos anos por aquele momento. O instante em que veria minha mãe de novo seria o suficiente para me fazer esquecer dos maus tratos na infância, do abandono no hospício, da rejeição, de ser enterrado vivo.

Nos meus sonhos, eu via mamãe vindo em minha direção, com seus braços estendidos, acolhendo-me num longo e caloroso abraço. Eu sentiria novamente seu cheiro doce de lavanda, ela deixaria marcas de seu batom cintilante no meu rosto. Mamãe me convidaria para sentar, ofereceria café quente acompanhado de biscoitos. Conversaríamos sobre o tempo em que passei longe e ela, finalmente, me pediria perdão.

Mas, naquela tarde, aconteceu tudo às avessas.

Eu tinha levado uma paulada na cabeça e quando mamãe se virou para mim, com sua face assustadoramente encarquilhada, tratou-me como sempre fui considerado: uma ameaça. Ela apontava em minha direção a faca ensanguentada. Seus olhos esbugalhados e vermelhos transbordavam raiva. Ela não dizia nada.

"Diga alguma coisa. Pelo amor de Deus!", eu implorei.

"Afaste-se. Afaste-se de mim. Não ouse dar um passo, se não eu te mato", foi só o que ela disse.

Neste ponto de seu depoimento, Mariano começou a chorar. Pediu água novamente. O juiz aguardou alguns instantes na esperança de que ele se recuperasse, mas observou que Mariano chorava copiosamente, abatido. Pediu, então, para que se aproximassem os advogados de defesa e de acusação.

Passava das dez da noite.

E, logo que os advogados voltaram para suas bancadas, o juiz Inácio Bertioga pronunciou, com sua voz estrondosa: "Esse tribunal encontra-se em recesso até às duas horas da tarde de amanhã."

Foi a melhor decisão, levando em consideração seu aparente desgaste físico e, assim como eu, um provável desgaste mental.

André

Cheguei exausto ao hotel, por volta das onze da noite. No entanto, eu sabia que não conseguiria dormir de imediato. Tirei os sapatos, a camisa, acendi um cigarro e fumei, pensativo, apreciando a paisagem urbana que despontava do décimo andar.

Chovia bastante. Não havia feito um dia de sol desde o início do julgamento. Frio, céu encoberto por nuvens escuras e volumosas, ventania incessante. Às vezes, eu tinha a impressão que, de uma hora para outra, uma forte nevasca nos surpreenderia, cobrindo os telhados, as ruas e os carros. Apesar de nunca ter havido registro de neve nesta região do Brasil e nem a possibilidade de baixíssimas temperaturas para o mês de maio, o cinza outonal da paisagem me lembrava o inverno da Europa. E o clima do planeta anda tão estranho, que não seria espantoso ver as crianças brincando na neve ao amanhecer.

Sentia falta da minha casa, do meu banheiro, da minha cama. Já estava saturado da falta de privacidade, enjoado de viver naquele quarto de hotel, trancafiado como se eu fosse o condenado. Há semanas que não fazia outra coisa a não ser acordar cedo, vestir o terno, tomar o café da manhã e, em seguida, me dirigir ao fórum, para passar o dia inteiro no plenário e retornar ao hotel tarde da noite só para dormir.

Podia ir ao shopping. Na recepção do hotel, me disseram que não era muito grande, mas seria bom pra passar o tempo. Tinha até cinema. Normalmente eu não gostava da ideia de ficar andando em círculo dentro de um lugar fechado, cheio de gente, com crianças gritando e chorando por todos os lados. Sem contar a confusão visual das lojas tentando te atrair e fazer você comprar tudo o que não precisa e ainda sair satisfeito. Eu costumava ir ao shopping apenas quando precisava de algo específico. Um calçado, por exemplo. Entrava, ia à mesma loja de costume, experimentava um ou dois pares, pagava e imediatamente ia embora. Quem gostava de shopping era o Tiago, consumista do tipo que se desespera toda vez que a fatura do cartão chega. Ir ao shopping só me faria lembrar dele, justo quando o que eu mais queria era esquecê-lo.

Além do mais, não se falava em outra coisa na cidade a não ser no julgamento de Mariano. Meu rosto acabou sendo publicado em alguns jornais. Fatalmente seria abordado por moradores curiosos que fariam perguntas às quais prometi ao juiz Inácio Bertioga não falar a respeito. Portanto, era preferível permanecer no hotel, ainda que isso me entediasse.

Eu soube do julgamento ao ser designado para atuar como psiquiatra forense. A notificação chegou por meio de um Oficial de Justiça, durante o plantão num dos hospitais onde eu trabalhava. Assinei o recibo, guardei a intimação no bolso e não contei aos meus colegas. Voltei à ala de emergência e trabalhei normalmente a noite inteira, sem ser afetado pela euforia da notícia ou por anseios que tal compromisso, até então inédito na carreira, poderia causar. Consultaria depois outros médicos. Ou um advogado.

Ao chegar em casa, na manhã seguinte, ao invés de tomar banho, comer alguma coisa, fechar as cortinas e me jogar na cama como era de costume, reli a carta assinada pelo juiz Inácio Bertioga. No documento, constava apenas o motivo pelo qual Mariano estava sendo julgado, a minha tarefa enquanto psiquiatra, a data limite para apresentação ao juiz e o cuidado em manter o sigilo dessas informações.

Liguei o computador e recorri à forma de pesquisa mais básica: procurei no Google pelo nome do acusado. Os principais sites de notícias revelavam basicamente as mesmas informações:

"*Mariano matou a própria mãe depois de passar mais de uma década internado em Campo Santo. Preso em flagrante há quase três anos, somente agora o caso vai a júri popular. Segundo Mariano, foi a mãe quem o internou à força, movida pelo preconceito e pela vergonha de ter um filho homossexual.*"

Tomei um susto ao ler o nome do hospício. Aquele hospital me remetia a lembranças nada agradáveis. Uma terrível coincidência, que me fez perder o sono.

Anos atrás, assim que me formei, voluntariei-me para trabalhar na cidade de Curva dos Ventos, num hospital psiquiátrico pouco conhecido e para onde ninguém queria ir. O salário não era lá grandes coisas, mas eu era um jovem entusiasta, sem ambição financeira, motivado a prestar atendimento em qualquer lugar, a qualquer pessoa, honrando assim o juramento médico.

Bastou colocar os pés em Campo Santo para me arrepender. Constatei o motivo de haver tantas vagas em aberto, sem profissionais voluntários para preenchê-las. Era um cenário catastrófico: superlotação, esgoto a céu aberto, homens e mulheres tratados feito bichos, sem qualquer traço de humanização. Senti vergonha de ser psiquiatra. Suportei apenas duas semanas, antes de pedir exoneração do cargo.

Fazendo as contas, não devo ter cruzado com Mariano nesse curto período, pois a data de sua internação ocorreu alguns anos depois. Olhando para sua foto ampliada na tela do computador, não me veio nada à memória. Se bem que os internos eram tão magros, desnutridos e maltratados que se tornavam semelhantes à cadáveres.

Por um momento, até esqueci que tinha trabalhado a noite inteira, andando pra lá e pra cá pelos corredores do hospital, sendo chamado a cada segundo para atender uma nova emergência. Tudo o que nós, médicos, queríamos após um plantão insano de doze horas era entrar em casa, arrancar os sapatos, entrar debaixo do chuveiro e depois desmaiar na cama, fazendo esforço tremendo para apagar da mente os gritos de dor, a ineficácia dos medicamentos, a falta de profissionais qualificados para dar conta de tanta gente. Muitas vezes, eu recorria a dois comprimidos de zolpiden para me apagar tão logo encostasse a cabeça no travesseiro.

Fiz mais café.

Nem que eu quisesse agora conseguiria fechar os olhos e dormir. Continuei a pesquisar no Google sobre o caso de Mariano.

"Após a desativação do Hospital Psiquiátrico de Curva dos Ventos, o Ministério Público descobriu centenas de criminosos que, ao invés de estarem cumprindo pena num presídio comum, foram sentenciados ao encarceramento em Campo Santo. Entre os prontuários dos pacientes, a investigação não encontrou nenhuma evidência de que tais presos, à época de seus respectivos julgamentos, foram avaliados como portadores de doença mental. Se assim fosse, deveriam ter sido destinados a um hospital de custódia e não para um hospital psiquiátrico junto a pacientes sem antecedentes criminais. O Ministério Público sugere que os presos eram enviados para Campo Santo após sentenças arbitrárias emitidas por autoridades locais, mas nada ficou provado ainda."

Lembro-me de um pavilhão onde homens agressivos ficavam isolados. Funcionava como ala de castigo para aqueles que transgrediam as regras. Os indisciplinados eram jogados nesse pavilhão, muitas vezes sofrendo os mais diversos tipos de abusos, inclusive sexuais, e disputando o pouco alimento jogado pela grade uma vez ao dia.

Minha passagem desastrosa por esse hospital seria um fantasma a me atormentar para sempre. Não havia nada que eu pudesse fazer para aliviar a culpa por testemunhar aquela catástrofe e, mesmo assim, ter cruzado os braços, virando as costas para tantos pacientes que eu podia ter ajudado ou que mereciam ao menos um sepultamento digno. O remorso seria a minha sentença. Por mais que aliviasse ou chegasse a curar a doença de alguns, não seria suficiente para me fazer esquecer o quanto fui covarde.

Procurei na internet mais alguns detalhes sobre o crime, mas não obtive sucesso. Só encontrei informações superficiais e repetidas.

A defesa declarava a inimputabilidade de Mariano devido ao "histórico de doença mental". A promotoria alegava premeditação e que o réu tinha plena consciência do que estava fazendo no momento do crime.

A fim de elucidar os argumentos das partes e após cotejá-los com as provas apresentadas, o juiz proferiu a decisão de designar um psiquiatra, cuja missão seria a de periciar o réu, emitindo seu parecer no prazo limite de dez dias a contar da apresentação perante aquele juizado. Essa última informação era a mesma que constava na notificação que recebi.

O julgamento começaria dentro de duas semanas.

Na reportagem, o juiz manteve em sigilo o nome do perito.

"Ainda bem", eu disse em voz alta.

Ao digitar "psiquiatria forense" no buscador do Google, li, no primeiro artigo da lista, o seguinte: "Na área penal, não basta a existência de doença mental à época dos fatos para se concluir pela inimputabilidade do réu. Deve-se verificar a capacidade de entendimento, bem como avaliar os motivos que levaram o réu a cometer o crime."

Em que merda haviam me metido?

Apesar da experiência de anos trabalhando em hospitais psiquiátricos, lidando com extensa variedade de indivíduos portadores de transtornos mentais, eu não me sentia preparado para atuar na área técnico-jurídica, ainda mais num caso de grande repercussão como esse. Provavelmente, eu era o último a saber porque não tinha televisão e porque acessava a internet apenas para consultar sites relacionados à medicina, ler e-mails e agendar consultas.

E agora?, perguntei a mim mesmo.

Desistir?

De novo?

Sem chances. Ao ser designado perito, o psiquiatra tem o dever de aceitar o encargo. Isso eu tinha aprendido nos tempos da faculdade.

Liguei para um colega, também psiquiatra. Falei sobre minhas inseguranças e, principalmente, sobre a falta de conhecimento técnico. Ele disse que não havia muito que fazer, a não ser cumprir a decisão judicial, pois, via de regra, qualquer psiquiatra, por força exclusiva de sua formação médica, deve ser considerado apto a realizar perícia psiquiátrica.

Acendi outro cigarro, me espreguicei na cadeira.

Nessas horas, eu me dava conta do quão difícil era não ter mais o Tiago dividindo a casa comigo. Era nele, especificamente, em quem eu pensava. Ele teria algo a me dizer.

Essa convocação não podia ter vindo num momento mais inoportuno. Meu casamento de quatro anos havia terminado. Tiago fez as malas e foi embora na mesma noite em que tivemos uma briga feia, cheia de palavras que hoje me arrependo de tê-las jogado na cara dele. Reconheço que nosso relacionamento não andava muito bem. E eu não fiz nada para melhorar a situação. Pelo contrário. Descontava na bebida, ficando boa parte do tempo fora de casa – no trabalho ou esticando o expediente com os amigos nos bares. Tiago esforçava-se para salvar o casamento indo pelo caminho diplomático, querendo discutir a relação, sentando-se ao meu lado muitas vezes, tentando dialogar sobre os problemas que nos envolvia, enquanto eu abria uma cerveja, disfarçando entre um gole e outro direto do gargalo a minha cara de tédio e de estar de saco cheio dessas conversas.

Ele também não se tocava que eu tinha acabado de sair de um plantão estressante, cansado, carregando no corpo ainda o cheiro de sangue, doenças, mortes e remédios.

Só querendo tomar banho, ficar em silêncio, relaxando no sofá, ouvindo música, mas ele não se continha calado. Bastava eu girar a chave na fechadura e ele já vinha: "Acho que precisamos continuar nossa conversa sobre aquele assunto, André."

O tal assunto.

Filhos, filhos, filhos.

Eu trabalhava demais. Atuava em três hospitais psiquiátricos, atendia na rede pública, privada e no meu consultório particular. Tiago, que gerenciava um salão de beleza, começou reclamando que eu não dava mais atenção a ele e que eu considerava o meu trabalho muito mais importante.

A situação tornou-se insuportável quando Tiago passou a insistir na ideia de aumentarmos a família. Eu suponho que tenha sido depois que o Lucas e o Adolfo, um casal de amigos, adotou uma menininha. Na noite em que fomos à casa deles, numa festa em comemoração à adoção da Isabela, Tiago comentou comigo: "Não seria uma boa a gente pensar em fazer o mesmo?" Eu dei de ombros. Deduzi que seu entusiasmo fosse momentâneo. Todos na festa estavam contagiados pela alegria dos amigos que realizaram o sonho depois de meses brigando na justiça e investindo pesado em advogados. Achava que, no dia seguinte, nem eu nem ele falaríamos mais sobre o assunto.

Me enganei.

Tiago marcou visitas em orfanatos. Acompanhei mais para satisfazê-lo do que por vontade própria. Todos os dias, me enviava e-mail indicando sites de mulheres candidatas à barriga de aluguel. Trouxe para casa revistas com artigos sobre o novo conceito de família fora dos padrões heteronormativos. Exigia que eu lesse. No café, no almoço, no jantar, na cama, no banheiro, a pauta tornou-se repetitiva.

Como dizer a ele sobre a minha recusa em ter filhos? O fato de não querer ser pai dava aos outros a impressão de que eu era um bicho papão que odiava crianças, um monstro capaz de matá-las, se obrigado a dividir o mesmo espaço. Não era bem assim. Eu só não desejava gastar tempo nem energia nas tarefas impostas por tamanha responsabilidade.

No dia em que Tiago me deixou, cheguei em casa tarde da noite, cansado, só querendo dormir o mais rápido possível. Tiago, queria mais uma vez iniciar a conversa sobre filhos. Juro que fiz de tudo para prestar atenção. Preparei um drinque com uísque e gelo e sentei-me de frente a ele no sofá, pronto para escutar suas argumentações. Em determinado momento, depois do segundo copo de uísque, perdi a paciência. Estourei.

"Quantas vezes vou ter que repetir que não desejo a porra de um filho?"

Ele me olhou paralisado, incrédulo perante minha reação inesperada.

"Eu sei que você andou bebendo demais, está nervoso. Tenho certeza que o que disse é da boca pra fora."

"Não é, não."

"Olha, presta atenção, André. A gente pode ao menos tentar, conversar com nossos amigos que passaram pela mesma experiência", ele insistia.

"Chega, Tiago. Chega!"

"Faça isso por mim, então. Em consideração ao tempo que estamos juntos e do quanto gostamos um do outro."

"Se você me amasse também consideraria minha posição", eu disse sem me comover com as lágrimas que despencavam dos olhos dele.

"Não me sinto realizado, André. Dá pra você entender isso. Tenho a impressão de que está faltando alguma coisa. Você sabe que fui criado pela minha tia. Não conheci nem meu pai nem minha mãe. É duro viver de favores na casa dos outros. Oferecer um lar a uma criança é a oportunidade de dar a alguém tudo aquilo que não tive."

"Quem sabe a gente não pode comprar um bichinho de estimação, um cachorro ou um gato, sei lá. Com certeza, dá menos trabalho que um filho. Não exige muito do nosso tempo, não precisa trocar fraldas, não enche o saco com perguntas, não precisamos levá-los à escola, não corremos o risco de enfrentar as terríveis crises da adolescência."

"Você tem algum problema mental? É mais idiota do que eu pensava, sabia?"

Eu levantei, enchi o copo pela terceira vez, bebi a metade num gole só e revidei. Minha paciência tinha chegado ao limite.

"Mas o que mais você quer nessa vida? Tem seu negócio, casa própria, boa saúde. Acha que um filho vai te fazer se sentir inteiro? Quer ser uma mulher de verdade? É isso? Tem vontade de dar a luz? Ressente-se pelo fato de não ter útero, ovários, uma buceta?"

Hoje, ao pensar nessas palavras, vejo o quanto elas foram inadequadas e carregadas de preconceito. Não tive respeito nenhum pela pessoa que eu amava e que vivia junto comigo há tempos.

Tiago não disse uma única palavra em protesto. Seus olhos vermelhos transpareciam fúria. Embriagado, com as pernas frouxas, permaneci atônito enquanto o observava se movimentando em passos duros e pesados, desde o quarto, onde depositou algumas peças de roupa dentro da mala, até a porta da sala.

Antes de sair, virou-se para mim e disse que eu era um imbecil insensível, que só pensava no trabalho, e que ele não queria me ver nunca mais. Em seguida, bateu a porta com força.

Nos primeiros dias, confesso que fiquei bem. Acho que já estava cansado de uma vida a dois e com saudade de ter privacidade, poder dormir e acordar a hora que bem quisesse, sair de casa sem dar satisfações, fazer hora extra no trabalho e não ser importunado a cada dez minutos com Tiago me perguntando que horas eu ia chegar.

Uma amiga analisou que eu, na verdade, só queria um pretexto para pular fora e que Tiago tinha me feito um grande favor ao dar fim à relação.

Dias depois, o retorno ao apartamento vazio todas as noites, após um longo e cansativo dia de trabalho, começou a me incomodar. Relutava em admitir que Tiago me fazia falta, porém era inegável a sensação de tristeza por não ter mais alguém a minha espera. E tentando me acostumar à cama que passou a ser grande demais, eu demorava a pegar no sono lembrando-me de nossa última conversa e do quanto eu fui infeliz, ao lhe dizer duras palavras.

Ter filhos continuava fora de cogitação. Mas eu não deveria ter sido tão egoísta a ponto de deixá-lo ir embora da minha vida sem contestar. Acho que na hora em que olhou para trás, parado junto à porta, ele esperava que eu pedisse uma segunda chance, que implorasse que não fosse, mas o meu silêncio o autorizou a partir.

Depois que partiu, não mandou mensagens. Não combinou de vir buscar seus discos, suas roupas, os móveis que ele mesmo comprou para a casa.

Havia se passado quase dois meses, quando a convocação chegou.

Na manhã seguinte, fui até a livraria mais próxima da minha casa procurar alguns livros que pudessem me ajudar. Encontrei um compêndio com artigos de diversos psiquiatras brasileiros experientes na área jurídica e um manual cujo título era "Roteiro de psiquiatria forense, um guia de iniciação para estudiosos de direito, psiquiatria, psicologia e áreas afins", da autoria de Antonio José Eça. Comprei os dois.

Paguei e me sentei no café da livraria. Acompanhado de uma xícara de café expresso duplo, comecei a ler ali mesmo. Ao folhear as primeiras páginas, confirmei o que já imaginava: tudo que aprendi na universidade e durante anos trabalhando em hospitais - diagnóstico, funções psíquicas complexas, tipos de personalidades, transtornos mentais graves, alterações de humor, deveriam ser conduzidos, adequadamente, para o ambiente jurídico, a fim de investigar a mente de um criminoso. A psiquiatria forense tem, por base e fundamento, o exame psiquiátrico clínico, valendo-se o examinador do domínio da técnica de entrevista, do conhecimento de psicopatologia e de sua capacidade diagnóstica.

Serial-killer, psicopatas e investigação criminal são temas que sempre me agradaram. Talvez pela profissão ou talvez pela influência de filmes americanos do tipo "O silêncio dos inocentes" e "Seven, os sete crimes capitais". E, apesar da rotina estressante dos hospitais, eu não me via transitando por presídios, em meio a policiais arrogantes e criminosos de todos os tipos.

Na vida real, eu sabia que as coisas eram bem diferentes. Assassinos em série são cruéis e insensíveis. Não possuem empatia e tendem a desprezar os sentimentos, direitos e sofrimentos alheios.

Na ficção, mais especificamente na América do Norte, os instrumentos de justiça funcionam perfeitamente e os agentes da polícia geralmente são héteros, brancos e remunerados a altura dos cargos que ocupam. Aqui, na vida real, e em terras tupiniquins, as cadeias são superlotadas, os policiais são corruptos e preconceituosos, e boa parte da população acha que bandido bom é bandido morto. Ninguém quer saber dessa história de investigar se um assassino sabia ou não do que estava fazendo no momento do crime.

Mariano não era um serial-killer, mas a barbaridade do crime que cometeu – matar a própria mãe e depois esfaquear várias vezes o cadáver – o inseria na mesma categoria de assassinos brutais e violentos ao extremo. Eu não fazia ideia de como seria quando tivesse de me colocar frente a frente com ele.

Há alguns anos, quase entrevistei um famoso assassino em série brasileiro: Marcelo Costa de Andrade, o vampiro de Niterói, julgado e condenado por matar treze garotos, num período de nove meses, internado no Hospital de Custódia e Tratamento Psiquiátrico Henrique Roxo, em Niterói.

Na época, eu liderava um grupo na faculdade visando o estudo de certos enigmas ligados ao transtorno de personalidade antissocial, como por exemplo: Por que uma parcela considerável da humanidade é capaz de pôr em prática crimes tão violentos? Por que não temem as leis e as consequências de seus atos? Como a maioria deles consegue despistar a polícia e viver tranquilamente em meio a familiares e amigos?

A motivação para estar à frente de tal grupo era mais por curiosidade e fascínio que o tema exercia sobre mim do que para entender de fato a relevância científica do projeto, tendo em vista que não era inédita e muita coisa já havia sido produzida em pesquisas semelhantes. Envolvia uma questão de ego; o professor universitário engajado com a produção acadêmica, que decide entrevistar criminosos da pior espécie, no intuído de obter detalhes nunca antes revelados sobre seus assassinatos.

O que me impressionava mesmo era a sutileza com que esses assassinos, antes de serem presos e condenados, circulavam à vontade em meio às outras pessoas sem levantar suspeitas. Na maioria das vezes, os serial-killers são até comportados, aparentemente bem inseridos na sociedade, alguns casados e exercendo uma profissão.

Acho que fiquei neurótico com essa possibilidade de que qualquer um ao meu lado tinha chances reais de ser um assassino procurado pela polícia. Lembro que, na época da formação do grupo e a consequente imersão (beirando o fanatismo) em artigos e livros que falavam sobre serial-killers, passei a conferir mais de uma vez se tinha fechado portas e janelas antes de dormir, ficava com medo de andar sozinho pelo estacionamento do meu prédio à noite, olhava frequentemente para trás quando caminhava sozinho pela rua, inspecionava o corredor de maneira insistente antes de entrar no apartamento, saí de todos os aplicativos de pegação gay, pois ficou impossível não associá-los, por mais bonitos que fossem, a prováveis matadores, dispostos não só a me roubar como também me liquidar, esquartejar meu corpo e me jogar no mar dentro de um saco de lixo.

Bem a minha frente agora, tem um cara de mais ou menos trinta anos, sentado sozinho à mesa, saboreando um capuccino acompanhado de um apetitoso cheesecake, lendo um grosso volume de histórias em quadrinhos. Ao olhar assim rapidamente, eu diria que é uma pessoa comum, num lugar comum, fazendo algo que não despertaria nenhuma desconfiança. Por outro lado, quem me garante que eu não estava diante de um assassino, fingindo ler, enquanto espera pacientemente a aproximação de uma possível vítima? Quem me garante que eu não estava diante de alguém cujo quintal da casa tinha vários corpos enterrados.

Eu percebi que estava entrando numa espiral de paranoia e pulei fora do barco. O grupo da faculdade acabou se desfazendo antes que eu confirmasse a entrevista com Marcelo Costa de Andrade. Isso depois de já ter enviado ofício ao Juiz da Vara de Execuções Penais solicitando autorização e feito, inclusive, contato telefônico com o diretor do hospital de custódia onde Marcelo encontra-se cumprindo pena. Cancelei de última hora. Minha mãe disse que eu retrocedi devido à inexperiência. Eu acrescentaria falta de coragem e medo de enlouquecer.

Eu também andava meio sem tempo e, pra dizer a verdade, não me sentiria confortável diante do vampiro de Niterói contando, com orgulho e admiração, sobre os assassinatos de várias crianças. Diagnosticado com traços psicopáticos de personalidade, é considerado, até hoje, incapaz de ser reinserido à sociedade sem oferecer riscos.

Apesar da curiosidade a respeito do tema, dei prioridade, ao longo da carreira, ao atendimento médico-hospitalar. A psiquiatria forense é um fenômeno muito complexo e mereceria atenção especial da minha parte caso resolvesse investir nessa especialidade.

De repente, tantos anos depois, tive vontade de voltar a estudar o assunto. Talvez eu precisasse dar uma guinada na vida profissional, investir em novos objetivos. Andava um tanto saturado de plantões em hospitais e na correria de um lugar para o outro quase todos os dias. Quem sabe não era a hora de lançar-se a um desafio diferente, retornando aos estudos sobre a psicopatologia aplicada à área criminal?

Pedi outro expresso duplo. Eu tinha três dias para me preparar antes de pegar o ônibus e partir a caminho de Curva dos Ventos.

Apenas duas coisas me preocupavam: eu devia ou não revelar que trabalhei em Campo Santo? Isso podia influenciar meu julgamento clínico a respeito de Mariano?

Ao folhear mais algumas páginas do manual de psiquiatria forense, uma frase saltou aos meus olhos: "O perito deve agir pautado pela honestidade."

Apresentei-me ao juiz Inácio Bertioga, em seu gabinete, na data exigida pela convocação.

Dentro do táxi, em direção ao Tribunal de Justiça, eu revia com nostalgia a cidade de Curva dos Ventos depois de tanto tempo longe. Não havia mudado muita coisa. Alguns prédios novos, ruas pavimentadas, hipermercados que não existiam na minha época e sinais de reflorestamento.

Já eu havia mudado bastante. Vinte anos mais velho. Os cabelos mais ralos. Óculos ornamentando o rosto. E não era só a aparência física. Meu interior também se alterou. E isso eu devo à participação do Tiago na minha vida, que me ensinou a gostar mais de ficar em casa, a viajar, a escolher uma roupa sem pressa, a fazer uso de perfumes. Tiago era um homem elegante, ligado às questões de moda, conhecedor das melhores marcas e grifes. Devo muita coisa a ele. É bom quando conhecemos uma pessoa assim, que deixa em nós transformações permanentes.

Da outra vez que vim para Curva dos Ventos, minha mãe fez questão de me acompanhar. Eu insisti para que ela não viesse, disse que seria bom aprender a fazer as coisas sozinho, do meu jeito. Mas dona Márcia arrumou as malas e me trouxe de carro.

A confirmação de que eu seria efetivado em Campo Santo quebrou um silêncio de anos entre nós dois. Minha mãe praticamente deixou de falar comigo ao descobrir que eu era gay. Falávamos apenas coisas superficiais, cumprimentos sem contato visual na maioria das vezes. Ficou magoada ao saber da orientação sexual de seu único filho por intermédio de outra pessoa, sentindo-se traída e — como de fato — a última a receber a notícia.

Tia Joana fez um comentário infeliz num almoço de domingo: "Se meu filho fosse homossexual, eu gostaria que fosse igual ao André, bem comportado, que não fica desmunhecando por aí. A gente olha pra ele e nem nota."

Estávamos todos sentados à mesa. Eu, minha mãe, minha tia e outros dois primos. Lembro que abaixei a cabeça e mamãe sorriu desconcertada, sem saber ao certo o que dizer. Tia Joana percebeu a gafe diante do silêncio constrangedor e dos risinhos abafados de meus primos.

Se pudesse voltar no tempo para aquela tarde de revelações com a cabeça de hoje, agiria diferente. Tia Joana não cometeu nenhum erro. Eu que sempre evitara uma conversa que não poderia ser adiada para sempre. Na verdade, ela me fez um favor, porém eu não soube aproveitar a oportunidade.

Eu deveria ter pressionado a minha mãe para uma conversa. Ter tentado um diálogo. Mas não. O que fiz foi tomar o primeiro porre da minha vida. Enquanto minha mãe ficou trancada no quarto. Talvez com os olhos cheios d'água, talvez pensativa, interrogando a si própria, em busca de respostas que só poderiam advir de mim e não através de outra pessoa.

Saí de casa escondido no início da noite. Atravessei a ponte para o outro lado do rio, local conhecido pela boemia, reduto dos bêbados e das putas, onde o pecado superabundava, como diria mamãe. Local onde meu pai saciava o vício, gastava quase todo seu dinheiro, enchia a cara até cair.

Por conta de vê-lo muitas vezes em condições depreciáveis, sujo, fedendo à cachaça e amparado por amigos, jurei que nunca poria uma gota de álcool na boca.

Mantive a promessa até aquela tarde, quando julguei que, bebendo, conseguiria organizar melhor os pensamentos e aliviar um pouco a tensão que me corroía o peito. Na realidade, o que eu queria mesmo era chamar a atenção de minha mãe.

Percebendo-me homossexual desde a infância, ao despertar do desejo pelos coleguinhas da escola, achava que ser um bom moço — estudioso, educado, que arrumava a própria cama, que respeitava os adultos, que não bebia, nem fumava, nem usava qualquer outro tipo de droga, me ajudaria ao contar a verdade para minha mãe. Essas minhas qualidades a confortariam quando descobrisse que seu filho era gay.

Naquela noite, eu não só experimentei cerveja pela primeira vez, como também me embriaguei de tal forma que não faço ideia de como cheguei em casa, lá pelas duas da madrugada, tropeçando nos próprios passos, sem sequer conseguir enfiar a chave no buraco da fechadura. Lembro-me da minha mãe abrindo a porta, me recebendo com tapas e puxões de orelha, me colocando debaixo do chuveiro frio com roupa e tudo, me dizendo aos berros que eu seria igual ao meu pai, um cachaceiro desgraçado que morreu de tanto beber.

No outro dia e nos que se seguiram, ela não tocou mais no assunto, talvez por temer ouvir aquilo que não desejava de jeito nenhum. Não falou, também, sobre as bebedeiras que passaram a ser constantes. Ignorou meus sentimentos e a vontade que eu tinha de me abrir com ela. Eu estava no primeiro ano da faculdade.

O que me espantava em relação à minha mãe não era o preconceituoso distanciamento decorrente da minha orientação sexual, mas o fato de nunca ter me perguntado por que eu era tão solitário; por que eu me refugiava no quarto durante horas; por que eu comia tão pouco; por que a falta de amigos; por que a companhia dos livros em qualquer lugar e em todas as situações.

Devia ser por causa do meu sorriso tentando disfarçar o mal-estar dentro de casa. Sorria perante as visitas, sorria para os vizinhos, sorria em sala de aula. Meu sorriso mecânico que significava apenas esticar os lábios e mostrar os dentes. Ninguém se preocupa com alguém que está sempre sorrindo.

São raros aqueles que conseguem perceber o abismo que existe entre um sorriso natural, espontâneo, e aquele que surge no rosto de alguém prestes a cometer suicídio no minuto seguinte.

Minha mãe só reconsiderou sua atitude quando eu a informei que havia conseguido uma vaga para trabalhar num hospital psiquiátrico, em outra cidade, outro estado. Pressentindo que a minha saída de casa pudesse nos afastar de maneira permanente, ela fez o favor de voltar a conversar comigo. E ainda, disse que iria junto para me ajudar no processo de adaptação. Talvez ela também tenha se confortado com o fato de que eu estaria longe das vistas dos outros, da família, dos amigos, dos vizinhos. Na cabeça dela eu deixava de ser o filho homossexual para ser o filho médico requisitado em outro estado.

Mas o horror que constatei ao chegar em Campo Santo superou a companhia irritante de minha mãe na primeira semana. Logo ao me aproximar do hospital, percebi que havia algo de muito errado com aquele lugar. Lembrava mais um presídio. Um muro alto, onde urubus repousavam, cercava as instalações e as janelas dos pavilhões que eram gradeadas.

E um cemitério ficava ao lado.

Mas isso eu só entenderia mais tarde, quando entrei no hospital e dei de cara com o grande pátio superlotado de internos. Centenas deles jogados pelos cantos, aniquilados pelo Estado, pela sociedade, pelos profissionais da saúde. Seus olhos sem viço, opacos e quase sem movimento algum me deixaram espantado. Aquilo não se parecia com nada que eu tivesse visto na vida. As pessoas eram jogadas em Campo Santo para morrer.

Campo Santo também me fez recordar, automaticamente, de meu pobre pai que, alcoólatra, chegou a ser internado num hospital psiquiátrico com crises severas de alucinação. Minha mãe nunca permitiu que eu o visitasse em sua passagem pelo manicômio. Ela me dizia que aquele "tipo de hospital" não era lugar de criança e que meu pai detestaria que eu o visse naquele estado.

Decidi ser médico por causa dele. E optei pela psiquiatria, influenciado também por ele. O que não pude fazer para ajudá-lo à época, devido a minha pouca idade, gostaria de oferecer a outras pessoas em situações semelhantes.

Só que, ao chegar em Campo Santo, fiquei a me perguntar se meu pai havia sido maltratado daquela maneira em decorrência da loucura. Todos os manicômios eram iguais? Imaginar que papai suportou tanto sofrimento enquanto esteve internado, contribuiu de certa forma para que eu desistisse. Era demais para mim.

Anos depois, a experiência médica mostrou que era possível tratar doentes mentais com dignidade e respeito. No entanto, papai já estava morto e, até hoje, continua sendo um enigma para mim o seu tratamento, a luta contra o álcool e a convivência com outros pacientes portadores de problemas psiquiátricos.

O táxi parou em frente ao Tribunal de Justiça e os repórteres que se amontoaram ao redor do carro me trouxeram de volta ao presente. Abri a porta com dificuldade e de cabeça baixa, sem responder a nenhuma das perguntas, cruzei por todos eles até alcançar a escadaria do prédio. Antes de passar pelo setor de identificação, olhei para trás. Na calçada do outro lado da rua, grupos contra e a favor de Mariano se manifestavam com cartazes e gritos de ordem. Em maior número estavam aqueles que pediam condenação para o réu.

O juiz Inácio Bertioga me recebeu gentilmente, sem aquele ar de autoridade arrogante que normalmente nos deixa desconfortáveis perante os superiores homens da lei.

Disposto a não perder tempo, pedi para conferir os autos do processo. Como psiquiatra designado para o caso, eu sabia que tinha autorização, ao menos, a uma síntese processual, ou seja, um resumo onde constaria o foco principal da avaliação e qual a divergência judicial que a minha perícia tentaria esclarecer. O juiz não se opôs que eu tivesse acesso, na íntegra, aos documentos. Ele me autorizou a ler os volumes no seu gabinete, sem copiá-los ou tirar fotos com o celular. Eu poderia fazer apenas algumas anotações.

Naquele mesmo dia, hospedei-me num hotel próximo dali, dispensando o luxo ou a qualidade pelo fato de que eu poderia fazer o trajeto a pé, poupando-me de alugar um carro ou perder tempo pegando ônibus ou táxi. Encontrei um hotel simples, barato e que atenderia minhas necessidades. Eu ainda não sabia quanto tempo permaneceria na cidade.

Li os autos como se montasse um quebra-cabeça, analisando as fases da investigação, examinado o trabalho da polícia, a reação dos envolvidos, o que disseram as testemunhas ouvidas na ocasião. As informações contidas ali, sem sombra de dúvida, eram mais completas e abrangentes do que as poucas coisas que li na internet.

Na época em que Mariano foi internado no Hospital Psiquiátrico de Curva dos Ventos, sua mãe, Lucinda, recorreu a um médico da região, inventou histórias absurdas a seu respeito e, sem nenhuma consulta ou avaliação, o jovem rapaz recebeu o diagnóstico de doente mental, cujo tratamento exigia internação imediata.

Na cópia do laudo anexado ao processo consta o seguinte diagnóstico: "Epilepsia condutopática", acrescentado da observação: "Colocando em risco sua integridade física e a de terceiros."

Silvério Jardim, o médico que atestou a insanidade de Mariano, confirmou que a mãe do acusado o procurou alegando que o filho vinha ouvindo vozes, andando pela casa à noite feito sonâmbulo, e não se alimentava mais direito. O médico admitiu perante o delegado que seu erro foi ter emitido o diagnóstico sem uma avaliação presencial de Mariano. Decidiu pela internação levando em conta apenas o que a mãe lhe contou. "Ela parecia muito aflita, nervosa, chorando sem parar", ele disse.

O médico continua em liberdade, mas o caso foi entregue ao Conselho Federal de Medicina, que manifestou-se em nota dizendo que Silvério Jardim corria o risco de ter seu diploma cassado, pois sua conduta, à época dos fatos, ia de encontro a ética médica que o conselho zelava em manter e exigir dos profissionais da saúde.

O relatório só não deixa claro se a validade do diagnóstico dos outros internos teria a mesma análise minuciosa. A minoria dos pacientes era louca de verdade ou perigosa o bastante para ter como tratamento básico o encarceramento perpétuo.

No extenso depoimento de Mariano, destaco o seguinte trecho, que denota sua total ausência de consciência espaço-temporal:

"E se eu estivesse morto? E se Campo Santo fosse a versão do inferno bíblico onde minha alma estava destinada a padecer em razão de meus pecados? E se Campo Santo fosse a própria eternidade?

Sofrimento sem fim. Infinito. Eterno. Para além de um tempo incalculável."

Mariano ficou encarcerado por mais de uma década. Depois disso, alcançou a liberdade parcial, sendo transferido para uma espécie de clínica alternativa, as chamadas residências terapêuticas. Parte deste avanço considerável deve-se a denúncias feitas pela imprensa. Com certo atraso, é bom lembrar.

Na residência terapêutica, Mariano dividia o espaço de quatro quartos, banheiro, cozinha e área social com outros oito ex-internos. Apesar de "livres", ainda precisavam de assistência continuada e vigilância em tempo integral. Porém, com direito a camas individuais, banho quente, privacidade, roupas limpas e comida fresca. E psicotrópicos ingeridos com acompanhamento médico e sem abuso. Não existiam mais castigos. Nem eletrochoques, nem solitárias, nem a exposição desumana ao frio.

Dois anos depois, Mariano decidiu ir em busca da mãe.

E a matou.

Em seu depoimento, Mariano contou que uma discussão com a mãe antecedeu o crime. Segundo ele, Lucinda o agrediu verbalmente de diversas formas antes de morrer:

"Quando soube que estava grávida de você foi como se Deus houvesse finalmente ouvido as minhas orações. Eu não tinha ninguém. Seu pai, ao saber da minha gravidez, sumiu no mundo, dizendo que ia atrás de uma vida melhor em outro lugar e voltaria

para me buscar. Desde o início eu sabia que ele nunca mais voltaria. Desse dia em diante, jurei que nunca mais dependeria de homem nenhum pra viver. Ainda que precisasse trabalhar duro, não tivesse tempo de descansar e dormisse poucas horas, eu viveria com o suor do meu rosto. Fiz faxina, esfreguei o chão das casas de gente rica, cozinhei, lavei cueca de velhos imprestáveis e limpei a bunda de muitos doentes em troca de míseros trocados. Aguentei a labuta até o último mês de gravidez. Quase que você nasceu dentro de uma bacia de roupa suja na beira do rio. Quando me disseram que era um menino, meu coração ficou mais aliviado. Você deveria ter sido o homem da casa, aquele que estudaria, cresceria, seria médico, advogado, engenheiro. Eu te eduquei pra ser doutor. Onde foi que eu falhei, Mariano? Onde foi que errei com você? Eu juro que fiz tudo certo. Enquanto eu me matava de trabalhar em vários empregos, você ficava em casa brincando com essas malditas bonecas, trancado no quarto, desenhando roupas de mulher. Não duvido até que tenha usado minhas roupas enquanto eu estava fora. Seu infeliz!"

Em seguida:

"Ouvia pelas esquinas, em todo lugar, até na igreja, o povo comentando, rindo toda vez que eu me aproximava. Diziam que você era bicha, que andava se esfregando com outros garotos pelo mato, que não daria em nada quando crescesse, que seria uma vergonha pra família, que em breve estaria andando por aí vestido de mulher."

E por último:

"Eu pensei que aquele lugar fosse dar um jeito em você, mas pelo que estou vendo, bem na minha frente, você continua o mesmo. Chorando por tudo, correndo pra casa, se borrando de medo toda vez que alguma coisa dava errado na escola. Com essa mesma vozinha irritante. Lugar de gente feito você é no hospício mesmo. Você é uma vergonha na minha vida. Eu pensei que nunca mais fosse te ver de novo."

Não há como comprovar se de fato Lucinda disse todas essas coisas. O relatório destaca que a transcrição acima está de acordo com o revelado por Mariano em seu depoimento e ressalta que ou ele é muito bom de improviso ou decorou realmente as frases ditas pela mãe, pois disse tudo de uma vez só, sem pausas, assim que foi questionado.

Mariano não deixou registrado em seu depoimento os detalhes do assassinato.

As primeiras fotografias mostram o cadáver de Lucinda estendido sobre o chão da cozinha. Havia muito sangue na cena do crime, inclusive nas paredes. Foram várias facadas no tórax. Trinta e seis ao todo, informaram os legistas. A morte, no entanto, se deu por estrangulamento. O médico-legista responsável, doutor Clóvis Pinheiro, foi categórico: "Lucinda já estava morta ao ser atingida pelas facadas." A autópsia revelou manchas arroxeadas e marcas de unha em forma de meia-lua na nuca de Lucinda, sinais claros de compressão. E também foi encontrado vestígios de vômito nas narinas e no pulmão, comum em vítimas fatais por esganadura.

Lucinda teve a língua e os olhos removidos, deixando buracos sombrios no lugar dos globos oculares e um rastro de sangue seco que descia dos lábios até a altura do peito. Aquele rosto de aspecto maltratado, com rugas fundamente sulcadas, me impressiona até hoje, revirando o estômago toda vez que me lembro daquelas fotografias. Os olhos foram encontrados dentro da bacia, misturado ao sangue da galinha. A língua, Mariano confessou ter comido. Questionado, disse:

"Ao adentrar o mundo dos mortos, os olhares de reprovação de mamãe nunca mais me alcançariam, assim como não serei mais obrigado a ouvir suas humilhações pelo tempo que ainda resta viver."

Quando a polícia chegou, Mariano cavava um buraco no quintal dos fundos. Não reagiu, não tentou fugir. Apenas levantou os braços e se entregou. Os policiais que participaram da prisão impressionaram-se com o fato de Mariano não ter manifestado culpa ou remorso em nenhum momento. Dentro da viatura, no trajeto até a delegacia, sem que fosse lhe perguntado o motivo do crime, repetiu duas vezes, como se falasse sozinho:

"Ela mereceu morrer. Ela mereceu morrer."

A investigação apontou que Mariano, durante a infância e parte da adolescência, sofria de timidez extrema e seu jeito efeminado provocava risadas, tornando-se, assim, o alvo dos garotos da escola. Constantemente era ridicularizado pelos colegas durante o recreio e na sala de aula.

Uma das professoras contou que, certa vez, Mariano chegou a ser surpreendido com uma faca. Ao ser levado para a diretoria por ter ameaçado um dos meninos, justificou-se dizendo que não machucaria ninguém. A faca era apenas para se defender. Mandaram um bilhete para a mãe, exigindo que ela comparecesse à escola, mas nunca houve resposta.

O delegado deixou registrado que Mariano falava bem, escolhendo cada palavra com precisão, de maneira a causar empatia. Em sua avaliação:

"Um assassino que não demonstra remorso, que nunca deveria ter recebido alta do hospício."

Retirei os óculos e esfreguei os olhos cansados ao fim da página do último caderno, tarde da noite, sozinho no gabinete do juiz. A secretária dele me aguardava na antessala. Ficou encarregada de confiscar meu celular e de me acompanhar enquanto eu tivesse disposição para estudar o caso. Minhas costas e meus ombros tensionados doíam. Terminei aquela exaustiva leitura dos autos com mais dúvidas do que quando me apresentei.

Eu não me sentia capaz de participar de um caso tão complexo como esse. Se Tiago estivesse ali comigo, diria que eu sempre arrumava um jeito de me autossabotar, que era covarde, que não tinha ambição, que morreria ganhando pouco, trabalhando muito, sem almejar o sucesso.

A verdade é que eu estava pouco me lixando para a possibilidade de fama. Especificamente nesse caso de Mariano, a falta de isenção me preocupava. O fato de ter trabalhado no mesmo hospital onde o réu esteve internado, de ter ciência da crueldade pela qual os pacientes eram submetidos, de saber que ele era gay e ter me solidarizado com seu passado sofrido. Minha mãe, assim como a dele, mesmo que de formas diferentes, também teve muita dificuldade em lidar com a minha sexualidade. Talvez eu cometesse o mesmo crime se padecesse do mesmo mal.

E devido a essa opinião tendenciosa, eu me considerava impedido de periciá-lo, pois, de acordo com minha experiência na área psiquiátrica, nenhuma pessoa sairia mentalmente ilesa, sem consequências graves, depois de anos de encarceramento, eletrochoques e desnutrição.

Ao devolver o meu celular, a secretária me transmitiu a notícia que fez os cabelos da nuca se arrepiarem.

"O doutor Inácio marcou sua primeira audiência com Mariano para amanhã às seis da tarde. É bom que o senhor chegue uma hora antes", ela disse, ao me entregar o papel com o endereço do presídio.

Já fora do prédio, abrigado debaixo da marquise por causa do mal tempo, liguei o celular. Chovia bastante e eu estava sem guarda-chuva. Tinha várias ligações de um mesmo número. Decidi retornar. Podia ser algum dos meus pacientes.

"Alô", disse uma mulher com voz sonolenta.
"Oi, boa noite."
"Sim, com quem quer falar?"
"Meu nome é André. Estou ligando porque vi esse número no meu celular. Não sabia de quem era."
"Olá, André. Aqui é Alice. Lembra?"
"Desculpe-me, mas não me recordo."
"Do orfanato Menino Jesus."
"Orfanato? Menino Jesus?"
"Sim, o senhor e seu companheiro vieram nos fazer uma visita há alguns meses."
"Ah, claro. Com certeza." Eu não me lembrava totalmente do lugar. Foram tantos os orfanatos e abrigos que Tiago me obrigou a visitar. "Mas por que está me ligando?"

"Tenho uma ótima notícia."

Fechei os olhos em desespero, respirei profundamente. Misto de cansaço e terror de quem espera ser atingido por um inimigo óbvio. Bastava unir a palavra "orfanato" e a expressão "ótima notícia".

"Surgiu uma menina linda aqui. O nome dela é Sara. Tem quase seis anos, muito esperta, educada, saúde em perfeitas condições."

"Mais essa agora", eu disse sem querer em voz alta.

"O que o senhor disse?"

"Não, nada, é que..."

"Gostaria de agendar uma visita para que vocês pudessem conhecê-la. Qual o melhor dia?"

"Olha, Alice, agradeço por ter me ligado, mas não estou na cidade. Ando meio enrolado ultimamente. Já tentou falar com o Tiago?"

"Aqui no cadastro só consta o número do senhor."

"Posso lhe informar, se assim preferir."

Pensei em Tiago naquele momento, no quanto ficaria feliz em saber que finalmente a oportunidade de exercer a paternidade havia surgido.

"Não faria muita diferença para nós", tratou de esclarecer Alice. "O processo de adoção só é instaurado depois que o casal comparece ao orfanato e, juntos, assinam os papéis com o pedido."

"Ok, entendi. Deixe que eu mesmo falo com ele então, e retorno para a senhora informando a nossa posição."

"Eu agradeço, André. Por favor, não demore. Lembre--se que existem muitos casais na fila. Caso não estejam dispostos, é louvável que passem a chance imediatamente."

"Sim, sim. Retornarei o mais breve possível."

Encerrei a ligação meio confuso, sem saber direito o que fazer. Eu ainda estava sob o impacto dos autos que acabara de ler e das fotos do cadáver de Lucinda que insistentemente vinham nítidos a minha memória.

Eu seria o tremendo-de-um-miserável-filho-da-puta, caso não contasse para o Tiago sobre a ligação do orfanato. Ninguém mais do que ele queria tanto esse filho. Justamente por isso era meu dever não o privar desse instante agradável de esperança.

O orfanato não tinha meios de entrar em contato com Tiago. Se eu não falasse, ele jamais saberia sobre a menina. Eu estava a quilômetros de distância, absorvido por um processo judicial, impossibilitado de me comprometer com a agenda de um ato de adoção. Isso já servia para me livrar caso, numa discussão muito remota, Tiago me cobrasse explicações.

Um filho a essa altura da vida – eu, com quarenta e cinco anos; Tiago, com trinta e nove – alteraria minha rotina, além de eu ter que trabalhar o dobro para conseguir pagar todas as contas extras que viriam com o pacote desse serzinho.

O primeiro grande transtorno seriam as intermináveis audiências no Juizado da Infância e da Adolescência. Eu e Tiago já havíamos nos informado sobre os trâmites legais.

Visitas ao orfanato. Audiências com o juiz responsável na hora em que ele pudesse ou quisesse. Entrevistas com assistentes sociais. Isso interferiria diretamente na minha vida profissional. Remarcação de consultas, pedidos de licenças extraordinárias, trocas de plantão para suprir possíveis faltas.

Se eu estivesse animado, super empolgado, digamos assim, com a possibilidade iminente de ser pai, faria todos esses esforços sem reclamar, mas só de pensar nessas idas e vindas, no enfrentamento de uma luta judicial que sequer tínhamos certeza de sairmos vitoriosos, eu perdia o fôlego.

E caso lográssemos êxito, o passo seguinte seria a reforma imediata do apartamento. Perderia o espaço que hoje utilizo como meu escritório para dar lugar ao quarto onde a menina dormiria. Poderíamos até mudar para outro maior, mas essa ideia não me agradava nem um pouco. Já me acostumei com o bairro, com os vizinhos, com a proximidade dos hospitais e do consultório. Muitas vezes fazia o trajeto pedalando. E sou daqueles que preferem evitar mudanças quando o lugar onde estou não me incomoda em nada. Prefiro o conforto das coisas estáveis.

Pelo visto eu teria que fazer um empréstimo bancário a cada passo social exigido. E Tiago faria questão de não pular nenhum deles. Provavelmente me convenceria a oferecer uma grande festa em comemoração, a exemplo de amigos que adotaram recentemente. Mais dinheiro indo para o ralo. Mais gente circulando dentro de casa.

Menos privacidade. Menos tempo para beber em paz o meu uísque depois de chegar estressado do trabalho. Mais motivos para brigas. Mais razões para chegar tarde em casa. Mais motivos para desentendimentos. E voltaríamos à estaca zero. Só que não bastaria fazer as malas e sair de casa. Haveria mais alguém entre a gente.

E quais garantias eu tinha de que Tiago fosse querer reatar o relacionamento comigo ao descobrir que estávamos mais próximos de concretizar o tão sonhado projeto (dele) de adoção? Nada. Não havia garantia nenhuma. Nem mesmo eu tinha certeza de que seria uma pessoa mais feliz se voltássemos a viver juntos.

Resolvi, então, pensando apenas em mim e no quanto ainda me aborrecia a ideia de cuidados permanentes para com uma criança, não contar nada.

Mensagem do Tiago recebida no WhatsApp:

"Te vi na televisão. Uma fonte da polícia vazou que você participaria do julgamento. Campo Santo não é aquele hospital em que você trabalhou?"

Tiago e a minha mãe eram os únicos que sabiam da minha passagem por Campo Santo. Respondi imediatamente:

"Sim. Estou numa saia justa. O que acha que devo fazer?"

Tiago:

"Você sabe o que tem que ser feito. Boa sorte."

Depois disso, mais nenhuma nova mensagem dele.
 Guardei o celular no bolso. Não queria correr o risco de continuar a conversa e falar a respeito da garotinha no orfanato esperando nossa visita para dar início ao processo

de adoção. Passava das nove da noite. Eu estava num bar próximo ao hotel. Fumava o último cigarro do maço, debruçado sobre o balcão, com a cabeça amparada em uma das mãos.

"Vai querer outra", perguntou a garçonete do outro lado do balcão ao verificar a garrafa de cerveja vazia. Era uma mulher de cinquenta e poucos anos, com uma toalha de prato jogada sobre os ombros, andando pra lá e pra cá, limpando de vez em quando o suor da testa com essa mesma toalha que enxugava as mesas e o balcão, e que procurava ignorar os galanteios impertinentes dos bêbados com elegância, mantendo sempre o sorriso no rosto.

Eu disse que sim com um gesto de cabeça. Eu só queria beber antes de voltar para o hotel. Assim, quando eu chegasse, cairia na cama e acordaria apenas no dia seguinte. Por enquanto, eu não sabia qual direção tomar. A resposta seca e ríspida de Tiago, bem típico de sua personalidade sincera, deixou-me com o alerta moral ligado. Ainda que ele estivesse chateado comigo pela nossa separação, isso em nada influenciaria sua opinião.

Além do julgamento de Mariano, a outra coisa que atormentava meus pensamentos era aquela maldita ligação do orfanato. Como foram me achar aqui? Por que logo meu nome constava no topo da lista de adoção? Merda. Me senti ainda mais culpado ao trocar algumas mensagens com Tiago e sequer tocar no assunto. Engraçado que bastou eu saber que o futuro de uma criança dependia da minha decisão, para que eu me perguntasse se seria um bom pai. Como eu reagiria ao conviver com uma criança, com alguém me chamando de "papai", que dependesse exclusivamente de mim nos primeiros anos de vida? E por que receber aquela mensagem de Tiago logo agora? Ele não ligou, não mandou mensagem desde que fora embora.

"Tem filhos?", eu perguntei à garçonete assim que ela pôs a garrafa aberta diante de mim e fez o favor de encher o meu copo. Eu estava um pouco alto. Não fosse a bebedeira, eu não teria coragem de puxar conversa, ainda mais com uma pergunta tão íntima.

"Tenho dois garotos."

"E não tem medo que um deles fique louco e a mate?"

Ela riu. Não deu indícios de surpresa ou constrangimento perante meu desaforo e petulância.

"Tá falando isso por causa do julgamento de Mariano?"

"Talvez esteja sendo influenciado", eu disse, apagando o que restou do cigarro no cinzeiro.

"Não se fala em outra coisa na cidade."

"Você o conhecia?"

"Sim. Fui professora dele no primário."

"Professora?", perguntei, encarando-a de cima a baixo. O que uma professora fazia atrás de um balcão a uma hora dessas, rodeada de bêbados, sufocada em meio a fumaça espessa dos cigarros?

"Isso aqui é só um bico", ela disse abrindo os braços. "Sabe como é, né? A gente precisa se virar como pode.

Ainda dou aulas e, durante a semana, ajudo meu irmão aqui no bar. Dá pra arrumar uns trocados extras."

"Qual o seu nome?"

"Roberta."

"O meu é André."

"O psiquiatra, certo?"

Dessa vez foi a minha vez de sorrir. De nervoso, eu acho.

"Parece que não se fala em outra coisa mesmo."

"Não dá pra evitar. Ficamos todos chocados quando o crime aconteceu. E agora, três anos depois, quando o caso finalmente vai a julgamento, temos a impressão de estarmos vivendo a mesma história outra vez. Eu tenho é muita pena daquele rapaz."

Juridicamente, aquela conversa era imprópria e não recomendável, mas foi inevitável não lançar a pergunta:

"O que tem a dizer sobre Mariano?"

"Era um bom menino, de aspecto frágil. Tinha o olhar mais doce que eu já vi. Não era de fazer bagunça. Tirava boas notas. Sensível, estudioso, educado. Todas as qualidades que uma mãe desejaria num filho. Um dia ele permaneceu na sala de aula depois que o resto da turma foi embora. Eu sabia que ele queria me dizer alguma coisa. Na verdade, ele queria me mostrar uma coisa. Tirou da mochila uns desenhos. Eram lindos vestidos de noiva feitos a lápis. Perguntei se tinha sido ele quem desenhou os vestidos e ele disse que sim balançando a cabeça, meio envergonhado, como se tivesse feito algo de muito errado e esperasse ser repreendido. Já devia estar acostumado a levar broncas em casa. Fiz questão de elogiar e não o desanimar. Aquilo me impressionou. Eram ótimos desenhos. Você precisava ver. Mariano teria se tornado um excelente estilista, se não fosse a maldade da mãe."

"Não te assusta o fato dele ter assassinado a própria mãe? E naquelas condições?"

"Quem sou eu para julgar? Mariano sofreu muito desde criança, depois ainda mais preso no hospício. Campo Santo era um inferno. Garanto que você, como médico, não desejaria ter trabalhado de jeito nenhum naquele lugar."

Não revelei que sabia do que ela estava falando ao se referir a Campo Santo.

"Conheceu a mãe dele também?"

"Se conheci?", ela revirou os olhos e, antes de continuar a falar, limpou o suor da testa com a mesma toalinha de prato. "Lucinda era uma maluca religiosa. Vivia falando mal de um e de outro. Dava mais atenção para a igreja do que para o filho. E até na igreja ela causava transtornos e intrigas. Lucinda mordeu a própria língua. Eu acho que ela internou Mariano por vergonha. Como é que ela ia encarar o povo de Curva dos Ventos depois que a cidade inteira já sabia que seu filho era homossexual? Ainda mais ela, que se dizia exemplo de tudo, que se orgulhava de dizer que tinha criado o filho sozinha. Tanto que nunca mais deu as caras. Isolou-se dentro de casa. Largou os empregos que tinha como diarista. Passou a viver da piedade de alguns membros da igreja, que levavam roupas, remédios e comida. Eu não cheguei a vê-la nem ir até lá para verificar o real estado em que se encontrava, mas muitos que passaram perto da casa dela disseram que aquilo se tornou um lugar horrível. A maioria se benzia ou fazia o sinal da cruz ao comentar sobre a miséria, o clima de degradação que tomou conta da casa e do terreno em volta. Lucinda tornou-se ainda mais amarga, xingando quem ousasse se aproximar de sua propriedade. Não ligava mais para sua aparência. Não escovava nem pintava mais os cabelos. O pessoal da igreja disse que vivia suja. Ela que era tão vaidosa! Acho que enlouqueceu. Quem precisava ser internada era ela e não o pobre do garoto."

"E o que ela dizia para justificar a internação de Mariano?"

"Não falava nada. Aqui, em Curva dos Ventos, é assim. As pessoas fazem o que querem sem se preocupar com a justiça. Se eu fosse você caía fora enquanto há tempo. E, na minha opinião, Mariano já pagou por seu crime. Não o condene de novo ao hospício. Por favor."

Outro cliente a chamou e Roberta se afastou para ir atendê-lo. Eu me senti aliviado em não ter de lhe dar uma resposta.

Eu estava numa encruzilhada ética em relação ao caso de Mariano: seguir em frente como perito forense legitimamente designado ou revelar ao juiz a minha participação nessa história.

Quase não dormi a noite inteira, pensando no que fazer. Na tarde do dia seguinte, antes de seguir para o complexo penitenciário de Curva dos Ventos, onde deveria me encontrar com Mariano para a nossa primeira entrevista, pus o terno e fui para a audiência com o juiz Inácio Bertioga. Pelo pouco que havia lido sobre ele, soube que seu tribunal era exercido com autoridade e que conhecia a lei de trás para frente.

Imagina se no julgamento já em curso, ele descobrisse que eu trabalhei no mesmo hospital onde o réu passou parte de sua vida e que omiti essa informação da Justiça. Minha carreira estaria arruinada e ainda correria o risco de sofrer diversas sanções penais.

Era preferível que ouvisse antes a minha versão. A única que existia.

E bastou que eu me colocasse diante dos olhares duros e penetrantes do juiz Inácio Bertioga para tomar uma importante decisão.

"Quero solicitar ao senhor a minha substituição", eu disse, meio inseguro, temeroso diante da gravidade que envolvia tal pedido, ainda que preso a uma expectativa de compreensão.

Reunidos em seu espaçoso gabinete, eu não esperava que ele facilmente acatasse o meu pedido. Antes de ouvi-lo discorrer a respeito de tamanha desfaçatez, bebi um gole do café frio servido assim que eu cheguei. Percebi o quanto estava nervoso ao derramar um pouco do café sobre a mesa.

"Não é tão simples assim, André", disse o magistrado. "Veja bem: razões do tipo 'não tenho interesse' ou 'não tenho formação em psiquiatria forense' não são suficientes para que eu o dispense. A não ser que me apresente um motivo legítimo."

"A questão não é técnica, senhor, mas sim de isenção, de neutralidade", eu disse num tom de voz subitamente fúnebre.

"Está me dizendo que se sente impedido de periciar o réu?"

"Sim, Excelência."

"André, os impedimentos referem-se a situações extremamente objetivas. Já conhecia o réu?"

"Não. De jeito nenhum. Quer dizer, não exatamente."

"Pode ser mais direto, André?", perguntou o juiz, imperturbável.

"Conheci de perto o hospício onde Mariano esteve internado, Excelência." Respirei profundamente, exaurido. O juiz, com seu olhar atento, mostrava-se inclinado a prestar atenção, o que me encorajou a prosseguir. "Candidatei-me a uma vaga logo que me formei. As primeiras impressões foram as piores possíveis. Fiquei chocado ao presenciar a miséria e a decadência das instalações. Achava inacreditável a naturalidade com que os funcionários lidavam com aquela violação de direitos. Pessoas morriam de fome e em decorrência do tratamento desumano. Faltavam remédios, leitos, roupas. Daí, não demorou para me dar conta de que, naquele covil de mortos-vivos, meus conhecimentos médicos não valiam de nada. Que, afinal, eu só estaria ali para assinar atestados de óbito. Por isso, não suportei por muito tempo. Era doloroso demais olhar para aqueles doentes sem realmente poder fazer algo."

"Deveria ter denunciado", repreendeu o juiz.

"Talvez fosse o mais correto. Mas fui embora. Era muito jovem, recém-formado."

"Por quê?"

"Covardia."

O juiz arqueou as sobrancelhas, perplexo. E antes que ele pudesse me acusar de irresponsabilidade ou omissão, adiantei-me em dizer:

"Procurei os diretores do hospital. Disse que estavam cometendo um crime ao expor os internos a tanta crueldade, que as péssimas condições não ajudavam na reversão da doença. A única coisa que ouvi em resposta foi que os recursos eram poucos e o que eu tinha visto era tudo que podiam oferecer àqueles desalmados. Sim, isso mesmo que o senhor ouviu: desalmados. Enquanto ele batia nas minhas costas me empurrando rumo à porta, eu disse que participaria às autoridades competentes se fosse preciso. Ele só se manifestou dizendo: Faça isso, então!

Naquele mesmo dia, dois homens que eu nunca vira antes me abordaram quando eu chegava em casa. Disseram que se eu continuasse com essa história de delação, de querer bancar o herói, eu poderia ter problemas sérios. Que eu ou minha mãe poderíamos sofrer um acidente, ou algo do tipo.

Nunca mais voltei ao hospital.

E tem mais, Excelência: sou gay. Em vários momentos, lendo os autos, me coloquei no lugar de Mariano. Será que eu também não buscaria vingança se me internassem num manicômio devido a minha orientação sexual? É por isso que, a fim de não comprometer a lisura do processo, haja vista que estou influenciado por essas questões que acabei de relatar, peço a Vossa Excelência que eu seja afastado e substituído."

"Tem alguma prova do que está me dizendo?"

"Sim, Excelência. Trouxe comigo uma cópia impressa do Diário Oficial onde consta meu nome e minha designação para trabalhar em Campo Santo."

Tirei da pasta os papéis e pus sobre a mesa.

Após conferir o documento, ele permaneceu em silêncio por alguns minutos, analisando pacientemente minhas ponderações. Depois se levantou, buscou a garrafa de café, serviu a mim e a ele e voltou a se sentar, mexendo bem devagar com a colherzinha, como se tentasse ganhar tempo antes de me dar uma resposta definitiva.

"Um filho que mata a mãe só pode ser louco, não acha?", perguntei, após sorver em três grandes goles metade do café requentado.

"O especialista aqui é você", ele me disse apoiando os braços sobre a mesa, deixando escapar no rosto um breve sorriso, o que servia para suavizar a tensão entre nós. Era final do dia, o juiz devia estar cansado depois de assinar vários papéis e ler diversos relatórios, ouvir seus assessores, atender telefonemas e despachar com outras autoridades. E ainda agora tinha que se prestar a ouvir um psiquiatra que, ao invés de obedecer a lei vigente no país, cumprir sua função e não se falar mais no assunto, resolve tomar uma parte preciosa do seu tempo e implorar para ser afastado do processo como se fosse simples assim.

"O senhor entende o que eu quero dizer." Tentei não transparecer arrogância. "Qualquer um, ao analisar esse crime, levando em conta os dados apresentados pela promotoria, classificaria o réu como um ensandecido capaz de matar a própria mãe."

"Crimes em família tendem a causar grande comoção na sociedade. Foi assim nos casos de Suzane von Richthofen e da Isabella Nardoni. Tem também o crime da família

Pesseghini, em que a investigação policial concluiu que o filho matou os pais, depois a avó, a tia e, por fim, se suicidou. Apesar de arquivado, não sabemos o que exatamente aconteceu naquela casa. Até hoje, a família não acredita que o garoto, à época com treze anos, foi o autor da chacina."

"É como se não pudéssemos compreender ou justificar que crimes assim sejam possíveis. A família, apesar de suas desavenças, ainda é considerada uma instituição sagrada, onde tudo se perdoa e se resolve da melhor forma possível, de maneira ordeira e pacífica."

"Mas não é bem assim. A gente sabe disso."

"Sim, sim. Ainda mais quando se trata da comunidade LGBT, sujeita a violências físicas e psicológicas dentro da própria família. O senhor se lembra da morte do pequeno Alex, de apenas oito anos?"

"Sim. Comoveu o país inteiro."

"Mas parece que tanta comoção não serviu de muita coisa. Não eliminou o preconceito. Continuamos sendo o país que mais mata homossexuais e travestis no mundo. Não promovemos políticas públicas de combate à homofobia nas escolas. Alex era constantemente surrado pelo pai porque gostava de dança do ventre e de lavar louça. O pai dizia que as surras eram corretivos para 'ensiná-lo a andar como homem'. Na última sessão de espancamento, Alex foi levado para um posto de saúde. Parecia desmaiado, mas não havia mais o que fazer. Estava morto. As sucessivas pancadas do pai dilaceraram o fígado do garotinho. Uma hemorragia interna se seguiu, levando o menino a óbito. Outro crime que chamou minha atenção foi o terrível assassinato da travesti Dandara, que sofreu agressões com chutes e golpes de pau por vários rapazes. Tudo foi filmado. Eu não tive acesso ao vídeo nem teria coragem de assistir. Depois de ser covardemente agredida com murros, pedradas e pauladas, Dandara foi assassinada por um disparo de arma de fogo. Em outro caso, do qual não me recordo o nome da vítima, um jovem transexual foi amarrado, arrastado pela rua e morto a tiros. E teve também um professor que foi agredido por causa de sua orientação sexual. Com depressão após o ataque homofóbico, a vítima parou de conviver em sociedade e acabou morrendo por causa de um infarto. Sem contar os suicídios motivados pelos ataques de homofobia. No caso específico de Mariano, é preciso levar em consideração que ele passou anos internado numa instituição psiquiátrica de aspectos assustadores, e mesmo depois de alcançar a liberdade não conseguiu reatar o relacionamento com a mãe. Que era o que ele mais queria, apesar de tudo. Mariano matou a mãe simplesmente por vingança? Ou os anos de tortura em Campo Santo alteraram sua percepção da realidade? O amor dela, talvez, seria a única coisa possível neste mundo capaz de fazê-lo perdoar o passado e a quem lhe causou tanto mal. Sem contar que não sabemos ao certo o que aconteceu naquele reencontro entre mãe e filho. Será que ele nos conta a verdade? Será que realmente ela disse tantas barbaridades a ele? Ou será que ele já não planejava matá-la desde quando decidiu voltar àquela casa? Anos de internação, eu posso afirmar como psiquiatra, podem ter causado danos irreversíveis na mente dele. Mariano não apenas matou sua mãe num momento de fúria. Ele arrancou seus olhos, perfurou o cadáver com várias facadas, comeu a língua. E não esboçou nenhuma reação de pavor, de culpa, de arrependimento em todo o decorrer do processo."

"Nunca saberemos dessas coisas, André. Infelizmente só temos o testemunho do réu como base para remontar a cena do crime. Nada mais."

"Se eu tivesse ao menos denunciado aquele hospital na época, eu acho que teria evitado esse brutal assassinato e tantas outras mortes. O senhor entende agora quando eu digo que tenho participação, ainda que indireta, nesta história?"

"Sim, eu entendo. E você me coloca numa situação difícil, André. Cometeu uma falta grave ao testemunhar as atrocidades de Campo Santo e não as denunciar ao poder público. Mas não o culpo. Eu também, como juiz nesta cidade durante anos, não fiz nada. De certa forma, sinto-me participante desta tragédia, tanto quanto você. Eu me pergunto: como essas coisas puderam acontecer debaixo do meu nariz sem que eu pudesse reagir a tempo de impedi-las? Acho que a nossa tendência é, muitas vezes, fingir que não vemos determinados problemas a fim de não nos sentirmos responsáveis por eles."

"No meu caso é bem pior, Excelência. Eu vi de perto o horror ao qual estavam submetidos aqueles internos.

Durante anos trabalhei intensamente, dando tudo de mim na tentativa de curar o máximo de pessoas possíveis como se assim eu estivesse me redimindo do mal que deixei passar. Fiquei com medo das ameaças. Muito medo. Talvez hoje eu agisse de maneira diferente. Não sei."

"Eu levarei em consideração sua pouca idade na época, sua imaturidade, as ameaças sofridas. E, principalmente, sua honestidade ao me relatar detalhes da tua história. Sabe que a substituição do perito forense a essa altura do campeonato vai me custar tempo e trabalho, não sabe?"

"Sim, senhor."

"Vou precisar adiar em alguns dias o início do julgamento. Mesmo assim concederei a tua dispensa do caso. Julgo que a imparcialidade é a base da ação pericial."

"E vai me indiciar?"

"Pela sua omissão?"

"Correto."

"Eu deveria, André. Mas não vou. Já se passaram muitos anos. Eu conheço muito bem essa cidade e sei que as coisas aqui, muitas vezes, se resolvem na base da bala e da ameaça. E como já lhe disse, eu também me sinto culpado. Você não é o único. Se fôssemos julgar ou prender todos os envolvidos, teríamos que criar uma cadeia exclusiva para tanta gente: políticos, médicos, enfermeiros, familiares, muita gente importante da sociedade. Creio que você já se penitenciou o bastante carregando essa culpa por anos. Tem mais alguma coisa?"

Sua última pergunta deixava transparecer o verdadeiro objetivo: que eu encerrasse o assunto e o deixasse voltar a sua casa depois de um dia de intenso trabalho. Eu respirava aliviado depois de ouvir que ele decidira a meu favor e, principalmente, por ter revelado a mais alguém sobre o que vivi em Campo Santo. Dividir esse segredo trouxe certa paz e leveza, algo que eu não sentia há tempos.

"Sim. Na verdade, é mais um pedido. Eu gostaria de assistir ao julgamento. Tenho especial interesse no caso. Por questões médicas e pessoais. Sinto que, ao ser dada a sentença desse crime, um ciclo se encerra na minha vida. Terei a chance de recomeçar."

Ao proferir a petição não premeditada, eu pensava em Tiago, no desfecho do caso de Mariano, no orfanato, na criança abandonada, no tempo que eu precisava me manter inacessível de maneira a não levar adiante o processo de adoção sem me afundar numa culpa pesarosa na consciência.

O juiz Inácio Bertioga sorriu, consentindo com um aceno de cabeça.

"Minha secretária pegará seus dados a fim de emitir o crachá. Não porque sou tão bonzinho assim. Você teve acesso aos autos. Sabe de muita coisa. Mantê-lo por perto é uma maneira de evitar que abra o bico aos jornalistas. E não é bom ficar falando por aí sobre essa história de que sofreu ameaças quando trabalhou em Campo Santo. Nunca se sabe o que pode acontecer, não é mesmo? As pessoas dessa cidade não costumam perdoar quem fala demais."

Aquilo me pareceu mais um aviso do que mero conselho de alguém que preza pela minha segurança. Senti o mesmo medo de tempos atrás. Fiquei a imaginar com que tipo de gente eu estava lidando. E a me perguntar sobre quem realmente mandava na cidade de Curva dos Ventos. Percebi que o juiz Inácio Bertioga não agia apenas por mera generosidade, ao me conceder acesso livre ao julgamento. Ele queria mesmo era garantir que eu guardaria segredo sobre o meu passado. Seus olhos arregalados já não expressavam mais tanta bondade. Tive a ligeira impressão de que ele também sabia de muito mais coisas a respeito de toda a maldade e covardia que assolou a cidade enquanto Campo Santo permaneceu em pleno funcionamento.

Nos despedimos logo depois e eu voltei ao hotel, decidido a ligar para o orfanato somente no fim do julgamento. Se tudo corresse do jeito que eu imaginava, a funcionária me diria que, infelizmente, outro casal havia adotado a criança. Eu fingiria lamentar e daria por encerrado o assunto. Tiago nunca saberia. E tudo estaria resolvido em minha vida.

De novo, o silêncio impróprio a título de solução imediata e que faria me arrepender mais uma vez.

Mas a verdade é que o destino da criança pouco me importava. Minha opinião sobre ter ou não um filho não havia mudado em nada. Eu apenas não podia ignorar os anos de convivência e de felicidade mútua ao lado de Tiago. Era impossível não admitir a saudade.

O veredito

De volta ao tribunal no dia seguinte, ao fim do recesso de algumas horas, ocupei o mesmo lugar na primeira fileira, de frente para a mesa de madeira comprida destinada ao juiz e à promotoria. Os jurados, quatro mulheres e três homens, ficavam à minha direita. A bancada da defesa ocupava o lado oposto aos jurados.

Assim que recebi a autorização do juiz para estar presente no plenário, cancelei a agenda do consultório dos próximos dois meses. Pedi férias de alguns hospitais e licença de outros. Tiago ficaria orgulhoso, se ainda estivesse comigo. Ele pediu tantas vezes para eu trabalhar menos.

Com meu caderno de anotações sempre a postos, acompanhei atento, todos os passos que envolvem um julgamento desde o início.

O sorteio dos jurados: dos vinte e cinco cidadãos intimados a comparecer ao julgamento, apenas sete são sorteados para compor o Conselho de Sentença.

Depois a entrada do réu no plenário.

A leitura da denúncia.

A apresentação preliminar da defesa e da promotoria.

Em seguida, foram ouvidas as testemunhas.

Uma delas, a favor da defesa, era Beatriz Souza, enfermeira que trabalhou durante anos em Campo Santo. Ela corroborou as denúncias de maus tratos. Falou também sobre os eletrochoques para os mais apáticos e deprimidos e como método de punição eram aplicados para os mais travessos. Beatriz falou, ainda, que faltavam materiais descartáveis. Uma mesma seringa era usada para aplicar injeção em vários pacientes.

O diretor do hospital na época em que Mariano esteve internado, o médico Carlos Duarte, encontra-se preso, acusado de negligência. Ele sentou-se no banco das testemunhas, chorou dizendo-se arrependido, pediu perdão às vítimas e, como já tinha feito antes, assumiu a responsabilidade por tantas mortes e sofrimentos.

Inês da Veiga, a vizinha mais próxima da residência de Lucinda, e que morava a cerca de duzentos metros, confirmou, em seu depoimento, que Mariano aparecia sempre com cortes na testa e manchas rochas nas pernas e nos braços. "Mas para uma criança", ela disse, "aquilo era comum. Elas viviam se machucando, trepando em árvores, subindo nos barrancos. Não achei que fosse nada demais. Algo tão grave assim."

Mas uma peça-chave para a defesa seria o testemunho do pastor Euzébio que, segundo depoimentos colhidos de Mariano durante as investigações, ajudou sua mãe a interná-lo no hospício. Foi o pastor, inclusive, quem o levou à força e sem a estrita necessidade médica. Euzébio encontra-se foragido. Membros da igreja "Cristo para todos", que ele liderava, disseram que faz muitos anos que o pastor deixou sua casa. Partiu levando apenas o carro. Ninguém nunca mais o viu. A polícia federal chegou a espalhar cartazes e oferecer recompensa para quem revelasse pistas sobre o seu paradeiro, mas até o momento ele não foi encontrado. Suspeita-se que tenha fugido para o Paraguai ou para a Bolívia.

Sendo Mariano réu confesso e preso em flagrante, a promotoria não teria muita dificuldade para convencer os jurados a condená--lo, restando para defesa a tentativa de atenuar a culpa do réu. Por isso, a insistência dos advogados de Mariano para que ele contasse em detalhes as injúrias, humilhações e covardias que sofreu em Campo Santo desde o primeiro dia da internação até sua liberdade "condicional", com a transferência para a residência terapêutica.

Depois de uma semana, parecia que o julgamento se aproximava do fim. Faltava somente que o acusado terminasse de narrar os fatos e que tivéssemos, enfim, o debate final entre a promotoria e a defesa.

Às catorze horas em ponto, o juiz Inácio Bertioga retomou a sessão. Mariano demonstrava nervosismo, remexendo-se no banco, roendo as unhas, olhando insistentemente para os membros do júri. Não sei se instruído pelo advogado, na tentativa de passar a imagem de alguém que se arrependeu do que fez, gaguejou ao pronunciar as primeiras palavras, falando tão baixo que o juiz pediu que ele recomeçasse.

Desse ponto em diante, Mariano impôs à voz um volume acima do habitual em relação à véspera, num tom, ao mesmo tempo, espantoso e carregado de emoções.

Eu pensei que encontraria um mundo melhor quando alcançasse a liberdade. Mas estava bem pior. As pessoas não passaram a se amar mais. Continuavam intolerantes, preconceituosas e ainda mais violentas.

Eu pensei que nada podia ser pior do que toda a tortura vivida em Campo Santo. Ao pôr os pés aqui fora, foi como se eu tivesse sido lançado em outro cárcere.

O mundo em que não temos liberdade para amar e ser quem realmente somos é semelhante a uma prisão. E seremos para sempre prisioneiros num mundo em que os homens passaram a preferir o ódio em detrimento do amor.

Se pelo menos minha mãe fosse capaz de me amar novamente, eu já estaria satisfeito. Se uma única pessoa me amasse, faria toda diferença.

Mas naquele dia em que tentava uma reconciliação, mamãe empunhava uma faca e dizia que me mataria caso eu me aproximasse.

Pensei em fugir. Não era só a faca que me assustava. Minha mãe tinha no seu corpo a arma mais poderosa contra mim: o olhar de repulsa. Seus olhos bem abertos continuavam me vigiando, fixados nos meus, como se nada mais houvesse entre nós. E da mesma forma de antes, durante a infância e parte da adolescência, me senti pequeno, inferior, desprovido de inteligência. Seria impossível obter de mamãe o amor que tanto desejei.

Acho que a partir daí comecei a sentir ódio dela, como nunca antes havia sentido. A respiração acelerada, as mãos suando, o rosto ardendo.

Até mesmo chamá-la de mãe tornou-se impróprio depois que a vi. Deveria ter ouvido a psicóloga. O tempo que ficou para trás, a relação entre mãe e filho jamais seria resgatada tendo em vista o ponto que chegou. E aquele ser diante de mim, vestida com farrapos sujos, não era a mesma mulher de quem eu me lembrava, de cabelos longos, penteados, bem asseada. A que eu conheci era cheia de vitalidade, vaidosa, perfumada, bem vestida e maquiada, ainda que ganhasse pouco. Aquela mulher eu admirava. A que eu vi naquele dia era exatamente o oposto, alguém que parecia ter definhado na mesma proporção que eu. Não dava para entender como mamãe chegou àquele nível de degradação. A casa em ruínas, criando galinhas no quintal para se alimentar, descalça, fedida, suja, velha, alguém que eu não tinha vontade de abraçar. Naquele momento eu pensei: "o que você fez com a gente?"

Então eu tive coragem de perguntar a ela: "Por que me abandonou, mãe?" Finalmente expus o sentimento de indignação que se manteve doloroso dentro do meu peito durante o tempo que passei no hospício. A pergunta que jamais se calou foi "Por que me abandonou, mãe? Por que se abandonou também? O que você fez com as nossas vidas?"

Dei mais um passo. Mamãe acuada na cozinha, ao mesmo tempo frágil e violenta. Qual o motivo da repulsa?, tive vontade de perguntar também, mas me mantive calado, atento, apreensivo com o que poderia vir a acontecer.

"Não tive culpa, mãe", eu disse baixinho.

"Cala a boca. Não fala mais nada", ela gritou. Suas mãos agitadas, seu olhar de raiva e sua fala impiedosa davam a mamãe o aspecto de mulher louca, que perdeu o juízo.

Então me aproximei mais. Até esqueci que ela segurava uma faca. Eu chorava muito. Numa mistura de amor e ódio que não sei explicar. Me ajoelhei abraçando suas pernas e supliquei seu amor. Foi quando ela me chutou, gritando para que eu me afastasse dela. Então eu levantei e agarrei seu pescoço com as duas mãos e comecei a apertar com toda a força que eu tinha. Eu só conseguia imaginar que mamãe era a única responsável por tudo aquilo. Se não fosse por ela, minha vida não teria sido arruinada naquele inferno e nem a dela. Ela continuou gritando desaforos muito piores do que eu ouvia no hospício. Perdi totalmente o controle. Tomado de ira, apertei cada vez mais forte o seu pescoço. Só soltei quando o corpo dela desfaleceu, perdendo a firmeza e desabando aos meus pés, no chão imundo da cozinha.

Enquanto Mariano nos contava sobre o assassinato, aproveitei para observar os jurados e o público presente. Pareciam não acreditar que ele falasse tão claramente e em detalhes sobre como deu fim à vida de sua mãe.

De repente, entendi que tudo o que Mariano queria era pagar por seu crime numa prisão comum. Seria terrível demais para ele ter de voltar a ser encarcerado dentro de um hospício. Queria demonstrar a todo custo que não era louco, que matou a mãe por raiva, ódio, porque ela mereceu morrer depois de tê-lo internado à força.

Me fez lembrar muito do meu pai. Na noite em que voltou do manicômio, me confessou: "Prefiro morrer a voltar para aquele

lugar." Sem entender direito o teor de tal declaração, surpreendeu-me o fato de ele ter me confidenciado parte de sua intimidade. Morreu pouco tempo depois, vítima de um câncer no esôfago.
 Mariano continuava a falar. O juiz não demonstrava nenhuma intenção de interrompê-lo.

E mesmo morta, seus olhos não deixavam de me encarar. Continuavam abertos, agressivos. Perdi a cabeça mais uma vez. Peguei a faca caída ao lado do corpo dela e apunhalei seu peito várias vezes. Quanto mais eu a acertava, mais sangue escorria. Enquanto tive força, enterrei a faca no corpo de mamãe. Ainda assim a porcaria dos olhos estavam lá, arregalados, como se me dissessem que me atormentariam eternamente.

Mariano dispôs a chorar de maneira descontrolada, soluçando.

O senhor confessa perante esse tribunal que arrancou os olhos de sua mãe?, decidiu interferir o juiz.
 Sim, Excelência, disse Mariano limpando o nariz na manga da camisa.
 Por quê?
 Eu só queria me livrar deles.
 Ao contrário dos olhos, localizados dentro da bacia ao lado do cadáver, a língua arrancada da vítima não foi encontrada. Consta nos autos que o senhor admitiu, ao delegado, ter comido. Confere?
 Sim, Excelência. Comi.

Ouvi lamentos vindos do público. Muitos viraram o rosto, expressando nojo e repulsa através dos lábios contorcidos e dos olhos fechados.

Mas não quero mais falar sobre isso, disse, resoluto.
　Tem certeza?
　Sim, Excelência.
　O senhor tem algo mais a declarar?
　Se ela soubesse o quanto me inspirou. Tantos dias, noites, horas, desejei ser igual a ela. Aquela força, aquela determinação. Uma mulher cheia de fibra, disposta a lutar sempre para conseguir o que quisesse. Ao contrário de mim. E aquela beleza tão natural que as mulheres das revistas nunca alcançariam. O mundo me assustava. Tudo ao redor parecia querer me engolir, mas quando eu estava do lado dela, eu me sentia seguro.
　Se quando me ajoelhei, ela tivesse me pedido para beijar seus pés em troca de perdão, eu não pensaria duas vezes. Deve ser bom a gente se sentir amado. Eu nunca soube o que é isso.
　Agora não há nada mais a ser feito.

Os jurados se retiraram para uma sala reservada, onde deliberariam a respeito da sentença de Mariano. O julgamento entrou num novo recesso. Não sabíamos quanto tempo levaria para que chegassem a um consenso sobre o veredito. Alguns minutos, ou horas. Por precaução, o juiz não dispensou ninguém. Concedeu apenas um intervalo para que pudéssemos beber água, ir ao banheiro, tomar um café.

Eu aproveitei para fumar um cigarro do lado de fora do tribunal e conferir meu celular.

Quem sabe uma nova mensagem de Tiago não faria mudar meus planos? Quem sabe eu não contaria a ele sobre o contato feito pelo orfanato dias atrás? Quem sabe eu não fosse embora agora mesmo, sem me importar com qualquer que fosse a decisão dos jurados? Com certeza eu ficaria sabendo pelos jornais, pois seria noticiado em todos eles.

Mas da parte de Tiago também só havia silêncio. Nada. Nenhuma nova mensagem. Nenhuma notícia sua.

Pode ser que a gente se acostume a conviver com uma pessoa. Pode ser que a paixão típica dos primeiros dias de relacionamento não dure mais que um ano. Pode ser que o desejo obsessivo de transar diminua, passando de cinco dias por semana para apenas um único dia ou até mesmo nenhum. Pode ser que a gente sinta tesão por outra pessoa. Pode ser que a amizade no casamento seja o lado mais bonito e honesto do amor, aquilo que nos faça ter vontade de não se separar jamais. Pode ser que a saudade de alguém que não vemos a um tempo significativo revele o tamanho do amor que sentimos. Pode ser muita coisa. Muita coisa pode mudar. Quanto a ter filhos, quem sabe eu não estaria disposto a fazer uma concessão? Nem que fosse ao menos para provar que eu seria capaz de amar um filho independente de qualquer coisa, não me sujeitando a abandoná-lo, a exemplo do que aconteceu com Mariano e destruiu sua vida.

Havia apenas uma mensagem no meu celular de Alice, do orfanato. Ela me enviou uma foto de Sara. Era realmente linda aquela garotinha, com os cabelos cacheados presos em maria-chiquinha.

Então me lembrei do meu pai, de novo. Ao receber a notícia da morte dele, senti alívio. E remorso. Fugi para o andar superior da casa, tranquei-me no quarto e chorei em silêncio, com o travesseiro contra o rosto. Sofri intensamente com o conflito de sentimentos tão díspares a me abater. Alívio, remorso e tristeza alternando-se, incessantes.

Quando meu pai sucumbiu, foi como se o cansaço e o desassossego tivessem desaparecido ao mesmo tempo, aliviando a pressão, nos tirando a responsabilidade de continuar acreditando numa cura que nunca vinha. O doente morre e acontece uma trégua, ainda que momentânea. Não há mais nada a ser feito. Acabou. A vida deveria seguir. Assim eu queria crer, de maneira a diluir o remorso diante do alívio que a morte de papai trouxe. Eu tinha apenas doze anos e ninguém com quem conversar sobre a dualidade dos meus sentimentos.

E essa mesma dualidade me seguiria em diversos outros momentos importantes da vida: as conversas que não tive com minha mãe, a recusa em entrevistar o vampiro de Niterói, o trabalho em Campo Santo, a separação de Tiago, a desistência no julgamento de Mariano. Alívio e remorso.

Pensei na pequena Sara, no orfanato, a depender de uma resposta minha. Talvez fosse uma oportunidade de fazer diferente, de não se arrepender mais tarde. Eu não podia negar ao Tiago o direito de decidir, junto comigo, sobre o destino de Sara.

Eu estava tão compenetrado em meus pensamentos, que não reparei quando o juiz Inácio Bertioga se aproximou. Ele também fumava um cigarro.

"Não sabia que o senhor compartilhava comigo desse vício", eu disse.

"Fumo apenas quando estou muito ansioso."

"É comum sentir-se assim em dias de julgamentos?"

"Somos humanos, André. Apesar de tudo. Crimes de homicídios sempre são muito dolorosos. Ninguém é tão superior assim a ponto de tirar a vida de outra pessoa. Não vou negar que o caso de Mariano mexeu de maneira especial comigo. Tenho um filho com síndrome de Down. Quando ele nasceu, eu me preocupava muito com o que iam pensar ou dizer. Eu esperava apresentar a meus colegas e familiares um filho saudável, em perfeitas condições físicas e intelectuais, não alguém que requereria meus cuidados pelo resto de seus dias. Com o tempo, fui percebendo o quanto eu estava sendo ridículo. O quanto esses pensamentos eram mesquinhos e o imperfeito ali era eu. Meu amor pelo meu filho tornou-se tão grande que hoje posso afirmar, com toda a certeza desse mundo, que ele é maior que tudo. A síndrome reduz-se a algo insignificante diante desse amor que sentimos um pelo outro. Entende?"

"Hum, hum", resmunguei apenas.

"E quando vemos uma família destruída assim pela falta de amor, é difícil compreender em que mundo vivemos e em que tipo de seres humanos estamos nos transformando."

"Eu queria ser uma mosquinha agora para estar lá naquela sala e saber o que os jurados estão considerando. O que será que pesará mais na decisão deles: o crime de Mariano ao matar a mãe ou o crime de Lucinda ao recusar o próprio filho e interná-lo à força num manicômio. Porque o que ela fez também não deixa de ser criminoso. Não acha?"

"Lucinda cometeu um crime, André, mas não teria conseguido se não recebesse a cooperação de médicos, do Estado, do poder público e se a nossa sociedade não fosse tão preconceituosa. E não podemos esquecer que Lucinda está morta e não teve a devida oportunidade de se defender. Tudo o que temos nesse julgamento é apenas a versão de Mariano, na qual coloca a mãe como única culpada por seu sofrimento naquele hospício durante anos. Sendo assim, ele justifica o assassinato perante o tribunal. Em todo caso, ele matou a mãe. E está sendo julgado por isso. Vamos aguardar a decisão do júri. E tenha certeza de que para eles é tão difícil quanto para nós chegar a conclusões. Todos fazemos parte dessa sociedade que nos tornamos. Julgamos e somos julgados o tempo todo. E perante a lei, como agir, como definir o futuro de alguém? E se esse alguém cometeu um crime? E se esse criminoso também foi vítima de tantos outros crimes? E se quem cometeu esses crimes nem está mais aqui para se explicar e ser julgado também?"

"É perigosa a proximidade de um hospital para doentes mentais. O senhor sabe dizer se Campo Santo ainda existe?"

"Continua no mesmo lugar."

Ele apontou para o sul, para além das montanhas e dos prédios, para além dos limites da cidade, onde a vista não alcança.

"Está pensando em dar uma passada lá?", perguntou.

"Talvez não seja uma boa ideia."

"Eu não o aconselharia a visitar aqueles pavilhões abandonados. Dizem que é possível ouvir o lamento dos loucos." Ele riu ao dizer. "Eu não acredito nessas crendices de espíritos, mas deve ser um lugar bem feio de se ver. Depois que os internos foram transferidos para locais mais adequados, o hospital ficou largado. A prefeitura diz que vai transformá-lo num museu, em memória aos mortos. Mas, no Brasil, você sabe como é, né? As coisas demoram a acontecer. Estou indo até a lanchonete comer alguma coisa. Quer vir comigo?"

"Não, obrigado pelo convite, mas eu prefiro ficar aqui fora mais um pouco."

Acendi outro cigarro assim que o juiz entrou no prédio. Havia parado de chover. O sol despontava tímido por entre as nuvens.

Tirei o celular do bolso e, sem refletir sobre o que estava prestes a fazer, liguei para o orfanato. Reconheci a voz de Alice quando ela atendeu. Perguntei de imediato a respeito de Sara e se seria possível marcar uma visita para a próxima semana. Demonstrando-se animada, Alice disse que sim. Combinamos o dia, a hora e logo em seguida nos despedimos.

Assim que terminei a ligação, enviei uma mensagem para Tiago:

Estarei de volta à cidade amanhã. Gostaria de se encontrar comigo? Tenho um assunto importante a tratar. Beijos!

Para minha surpresa, Tiago, que estava on-line, respondeu imediatamente:

Posso dar uma passada na sua casa à noite. O que acha?

Eu escrevi:

Combinado. Te aviso assim que eu chegar em casa. Beijos.

Tiago:

Beijos. Saudades.

Aquela última mensagem dele me encheu de esperança. Acessei novamente a foto de Sara e fiquei a imaginar o sorriso que aquela notícia desenharia no rosto de Tiago.

Alguns minutos mais tarde, atendendo a ordem vinda de uma voz firme, que ecoou grave e forte no plenário, todos os presentes ficaram de pé. O juiz Inácio Bertioga tomou seu lugar e passou a ler a sentença:

De acordo com a soberana decisão dos jurados, torno público o seguinte: Mariano Vieira de Paula foi considerado culpado por ter praticado crime de homicídio, pelo meio cruel de asfixia mecânica, contra sua genitora, Lucinda Vieira de Paula. Aponta a denúncia também que o acusado, após o homicídio, incorreu no crime de vilipêndio de cadáver. Consta dos autos que a morte se deu por meio de esganadura e não pelas trinta e seis facadas desferidas em seu corpo após o óbito. Consta também que a vítima estava morta quando teve seus olhos e língua arrancados.

Sendo réu confesso e sem a comprovação legal de transtorno mental que o torne inimputável pelos crimes expostos anteriormente, como alegou o advogado de defesa, condeno Mariano Vieira de Paula a doze anos de reclusão, a serem cumpridos inicialmente em regime fechado.

O réu deverá cumprir sua pena imediatamente, devendo ser conduzido à prisão em que já se encontra recolhido, posto que lhe foi negado o direito de recorrer em liberdade da presente decisão.

Registre-se e cumpra-se.

Declaro este julgamento encerrado.

Meses depois

Tento não pensar em meu pai a partir de seus piores momentos. Era um homem amistoso que, mesmo quando bêbado, nunca usou de violência. Acredito ter herdado dele a melancolia, a aparente calmaria, o andar cabisbaixo, a timidez que se desfazia logo após o primeiro copo de cachaça, os cigarros que fumo até hoje. Os livros. Papai lia muito.

Não é necessário recorrer a sessões de análise para entender que, enquanto seguro um livro, bebo café, acendo um cigarro, sozinho em casa, estou tentando replicar aquela imagem de papai, impenetrável, protegido, iluminado por uma luz difusa, inalcançável, amparado pelas palavras. Nunca o vi conversar com minha mãe sobre literatura. Seu apreço pelas palavras permaneceu inconfessável, mas tenho certeza de que ele teria muito a dizer, caso fosse dado a chance de manifestar suas impressões.

Certa vez, meu pai me levou a uma feira de rua, no Dia das Crianças, com a intenção de me dar um presente. Disse que eu podia escolher o que quisesse. Paramos em frente à barraca de brinquedos. Ele, ao meu lado, silente, a me observar, fumando seu cigarro, enquanto eu perscrutava com meus olhares a aquarela de cores, ávido por levar para casa tudo que conseguisse carregar. Mas ele disse: só um. Apenas um.

Quando me deparei com uma lousa mágica, rosa, onde se podia escrever com uma caneta especial e depois apagar milagrosamente para escrever de novo, infinitas vezes, meu coração acelerou. Era aquilo que eu queria de presente. Mas não era tão simples. A lousa mágica, ornada de ursinhos coloridos e corações, era um brinquedo de menina. Hesitei. Olhei para papai, que me encorajou com um sorriso. Eu não podia decepcioná-lo, não no dia especial em que tiraria do orçamento uma quantia considerável para gastar comigo.

Apontei para os carrinhos que corriam numa pista em forma de oito. Voltamos para casa. Bastou avistar minha mãe e desembrulhar o presente, para que eu começasse a chorar de soluçar. Eu ainda pensava na lousa mágica. Tentei não decepcionar meu pai, mas em lugar de sorrisos de felicidade, o que pude oferecê-lo foi um choro compulsivo. Incrédulos, eles entreolhavam-se, sem saber o motivo da minha tristeza.

Mais um segredo. Entre tantos.

Exceto agora. Nossa advogada recomendou que não houvesse segredos, que fôssemos o mais honesto quando escrevêssemos a carta à juíza responsável pelo caso da adoção.

Sara, a garotinha por quem lutamos pela adoção, veio passar um fim de semana conosco. Última fase de um rito processual que se arrasta por longos meses. Um teste de habilidade paterna.

Está brincando ao lado da escrivaninha, no quarto que montamos pra ela, de onde posso vê-la.

Tem seis anos e não vê problema em ter dois pais.

Sara nos chamou atenção, desde a primeira troca de olhares. Sorriu assim que nos viu.

Na carta, deveria expor os reais motivos da adoção (como se o amor pudesse comprovar-se dessa forma), nossas boas intenções, além de reforçar nossa conduta exemplar. Eu, médico. Tiago, cabeleireiro. Casa própria. Estabilidade financeira. Salários acima da média. Saudáveis. Faltava apenas um filho.

Daqui a pouco, Tiago vai dizer que o jantar está pronto. Perguntará sobre o texto, tarefa a qual me confiou por acreditar que escrevo muito melhor que ele.

Sara me chama, quer mostrar alguma coisa. Seus olhos de azeviche brilham na semiescuridão do quarto.

Desisto do texto.

Apago o que já escrevi. E vou até o quartinho dela.

Tiago aparece na porta e põe a cabeça dentro do quarto. Quer que provemos a massa e o molho especial que aprendeu a fazer num programa de culinária.

Lanço à Sara um sorriso. Ela retribui com outro sorriso. Vamos em direção à sala de jantar, os três sorrindo, abraçados.

A massa fumegante exala um aroma muito agradável e a aparência é maravilhosa.

Olho para nossa adega de vinhos.

Tiago volta com três copos e o suco de uva. Serve-nos e propõe um brinde.

Sara alastra felicidade.

Terminamos o jantar conversando animados sobre os planos para futuro.

Coloco Sara para dormir. Dou um beijo de boa noite. Ela retribui oferecendo-me toda a coragem que preciso para enfrentar a audiência no dia seguinte.

Volto para sala e digo a Tiago que preciso concluir o texto.

"Deixe para amanhã cedo. Temos um tempo pela manhã, antes da audiência", ele diz, com duas taças de vinho nas mãos.

Esta obra foi composta em Bembo Book
e impressa em papel pólen 80 g/m² para a
Editora Reformatório, em março de 2023.

Esta obra foi composta em Bembo Book
e impressa em papel pólen 80 g/m² para a
Editora Reformatório, em março de 2023.